クライブ・カッスラー
& ダーク・カッスラー／著
中山善之／訳

●●

ケルト帝国の秘薬を追え（上）

Celtic Empire

扶桑社ミステリー
1544

Japanese translation published by arrangement with
Peter Lampack Agency, Inc.
350 Fifth Avenue, Suite 5300, New York, NY 10118 USA,
through Tuttle-Mori Agency, Inc., Tokyo

ケルト帝国の秘薬を追え（上）

登場人物

ダーク・ピット ———— 国立海中海洋機関(NUMA)長官

ローレン・スミス・ピット —— ピットの妻、下院議員

アル・ジョルディーノ ——— NUMA水中技術部長

ハイアラム・イェーガー ——— NUMAコンピュータ処理センター責任者

ルディ・ガン ———— NUMA次官

サマー ———— ピットの娘。海洋生物学者

ダーク・ピット・ジュニア —— ピットの息子。海洋技術者

エリーズ・アグイラ ——— アメリカ国際開発庁の科学者

エバンナ・マキー ——— バイオレム・グローバル社CEO

オードリー・マキー ——— エバンナの娘。同社現場主任

スタントン・ブラッドショー —— アメリカ合衆国上院議員

ハリソン・スタンレー ——— ケンブリッジ大学のエジプト学者

ロドニー・ザイビグ ——— NUMAの海洋考古学者

リキ・サドラー ———— スタンレー教授の随行者

サン・ジュリアン・パールマター 考古学者、ピットの友人

マイルズ・パーキンズ ——— インバネス研究所の科学者

プロローグ　ナイル脱出

メンフィス、エジプト
紀元前一三三四年

むせび泣く声が、陰鬱（いんうつ）な詠唱（えいしょう）さながらに都市（まち）に漂っていた。ドロ煉瓦（れんが）造りの家並（やなみ）が苦痛に引き裂かれ、死の悲しみが逆巻きながら夜の砂漠に流れこんだ。だが風が運んだのは嘆きの叫びだけではなかった。

風は死臭をもたらした。

謎（なぞ）の疫病はその一帯に舞い下り、ほぼあらゆる家を襲った。若い者たちの感染が大半だったが、それだけでは止まらなかった。死の爪（つめ）は王室まで捕らえ、王自身をその冷たい手で攫（さら）っていってしまった。

アトン神殿の物陰に屈みこんで、若い一人の女性が喧噪（けんそう）と死臭を掻（か）き消そうとしていた。月が雲の陰から覗いてあたりに光を投げかけると、彼女は胸の分厚い金の魔除けを撫でさすり、移動する物音に耳を澄ました。履物の革の底が石に擦れる音を彼女の耳が捉えた。それで振り向くと、一つの人影が柱廊玄関を出て神殿を横切り彼女のほうへ向かって走ってきた。

彼女の夫ゲイセロスは背が高く、色の濃い巻き毛をしていて肩幅が広かった。彼の肌はその夜の暑気のせいで湿っていて、妻の手を握り引っ張って立たせた。「川へ行く道は安全だ」彼は低い声で知らせた。

彼女は夫越しに見つめた。「ほかの者たちはどこなの？」

「船は確保している。さあ、メリトアテン、これ以上手間取ってはならん」

彼女は振り返って背後に人影を認めるとうなずいた。三人の男が神殿の壁沿いに現れた。槍と頑丈な剣ケペシュで武装していた。彼女が夫について行くうちに、彼らは追いついて三角に囲んで彼女を護った。

ゲイセロスはみんなの先頭に立って、神殿の入口から離れ脇道を先へと急いだ。彼らのサンダルが埃を蹴あげた。遅い時間なのに多くの家がオイルランプを燃やしていて、雨戸の裂け目から光が漏れていた。一行は速い足取りで移動し、黙りこくって以前の首都を横切っていった。

道は川辺へ緩やかに下っていて、そこには小型の荷船が列をなして埠頭に繋留されていた。彼らが土手沿いに進んでいくと、葦の茂みから男が二人立ちあがった。彼らは長い灰色の髭を生やし、みすぼらしい亜麻布の服を着ていた。

護衛たちは槍を持ちあげて、前方に飛びだした。

「衛兵！　やめなさい！」メリトアテンは叫んだ。

武装した男たちは凍りついたように止まった。

彼女は護衛たちを通りすぎて、二人に声を掛けた。「オサルセフ、アーウン、あなたたちはここでなにをしているの？　なぜ出発しなかったの？」

二人のうち若い方が前へ進み出た。彼の眼差しは決然としていたし、風雨にさらされてきた顔をしていた。「メリトアテン」彼は話しかけた。「私たちはあなたにお礼を言わぬ限り、自由な身分を味わうことなどできません。あなたが王様に働きかけてくれたから、王様の勅令が出たのです。国王がアマルナで亡くなられたことを知り、あなたのために悲しんでいます」

「私の力添えなど怪しいものです」彼女は応じた。「疑いの余地などなく、国王付きの高僧たちが今やわれわれの国を支配しています――それに、エジプトを襲った悲劇を王室のせいだと非難しています」

「あなたに落ち度があるとすればただ一つ、虐げられた者たちに広い心を寄せたことです」

若者は首に掛けていたヤギ革の袋を外して彼女にわたした。「あなたは私たちをナイル川の穢れた水から救ってくれました。祈っております、いまやあなた自身を救う時です」

「あなたは国王が気づかなかった点に気づいていた。あなたがお礼を言う相手はゲイセロスであって、私ではないわ」彼女は夫のほうを向いてうなずいた。「彼は〝アピウム〟の効力を知っているの」

オサルセフは向きを変えてその男に頭を垂れた。「みなさん、われわれに加わるでしょう?」彼は片方の腕を川のほうへ振った。反対側の土手の地平線上には、無数の野営の焚火が点在していた。

「いいえ」メリトアテンは答えた。「私たちは海に運命を賭けます」

年嵩の男はうなずくと、彼女の前に跪いた。「弟と私はあなたの行ったことを、胸深く抱いて忘れることはないでしょう。心穏やかに永らえますように」

「あなたも、オサルセフ。さようなら」

彼ら二人は小さな筏に乗りこんで暗い川に押しだし、対岸目指して櫂を漕いだ。

「彼らに加わるべきだったかも?」彼女は囁いた。

「砂漠は苦労しかもたらさないぞ、君」ゲイセロスは言った。「もっと優しい土地が待っている。これ以上遅れてはならん」

彼は一行の先に立って川沿いに進み、町の船着き場の船から逸れて、川下の葦に隠れている三艘のボートへ向かった。近づいていくと、彼らは武装した歩哨たちに誰何されたものの、その歩哨たちに案内されてボートの一艘に乗りこんだ。

メリトアテンとゲイセロスが一本マストの下のベンチに座ると、ボートの舫綱が解かれた。乗組員たちが漕いでボートは川岸から離れ、残る二艘はそれに倣ってナイル川の中央を目指した。

メリトアテンは心許なげな眼差しでボートを見回した。長さ三〇メートル足らずで甲板に覆いはなく、船首と船尾は曲線を描いて上へ伸びていた。食料がびっしり詰まった壺やバスケットが甲板に散らばっていた。兵隊たちは船縁に並んで、短いオールでひたすら漕いでいた。残る二艘は年季の入った荷船で、地中海をなんども行き来しており、同じように喫水線が水中に深く沈んでいた。

四角い主帆が半ば揚げられていて、操船のために船の前後に索具が取りつけられており、ボートは潮流に乗って北へ向かっていた。小さなオイルランプがいずれの舳先にも下がっていて、前方の暗い水面にほのかな明かりを投じていた。メンフィスの街を航跡の背後に残して、三艘のボートは静かに航走を続け、わずかに船腹を叩く水の音と水に潜るオールの音がしているだけだった。

二〇キロほど川を下った時点で、人の呟きがさざめきとなって三艘のボートを駆け抜けた。前方に、一つながりの角灯が現れた。川の中央に一艘の船が繋留していた。

メリトアテンは目をすぼめて照らし出された艀(はしけ)を見つめた。ロープが両岸に張りわたされていて、日中はフェリーボートとして作動し、夜には通る荷船から税金を取りたてる徴収所の役を果たしていた。しかし、その艀から警告の声を掛けられ、その夜は税金の徴収以外の任務にも備えていることが明らかになった。

「角灯を消せ！」メリトアテンのボートの船長がどなった。荒々しい感じの、頭を剃(そ)りあげた男で、残る二艘のボートに目を転じた。

遅すぎた。三艘とも見咎(みとが)められてしまっていた。射手(しゃしゅ)の一隊が艀の上に集結して、矢をいっせいに放った。

ゲイセロスはメリトアテンを甲板に押しつけた。乗組員の一人が悲鳴を上げて首を鷲(わし)づかみにした。矢が突き刺さったのだ。

「伏せろ！」護衛二人が舷側(げんそく)の見張りに立ち、ゲイセロスは穀物の袋を一つ引きずっていって、それで妻を蓋(おお)った。

袋の下敷きになった彼女には、戦いの音しか聞こえなかった。三艘のボートは向こう岸を目指して、自分たちと艀の間にできるだけ間隔を取ろうとした。先頭のボートは艀のロープの一本に近づき、剣を握った男たちが舳先から身を乗りだしてそれを断ち切ろうとした。数人は射手たちに排除されてしまったが、ほかの者たちは障害を切り裂いた。

三艘のボートは川を下り続けたが、艀は戦士や追加の射手を満載した小型の追尾船を一艘送りだした。オールを水中に下ろすとすぐさま、追走船はいちばん手近な荷船に向かった。その船にはメリトアテンとゲイセロスが乗っていた。追走船は間隔をたちまち詰めて横づけにした。戦士たちは群がって船縁を乗り越えた。抵抗を予期していなかったのだ。

ゲイセロスと武装分遣隊は物陰から飛びだし、襲撃者たちに槍を突き立て青銅の剣を叩きつけた。白兵戦が甲板中で展開され、乗組員はみな強襲者たちを追いはらうために戦った。襲撃船の射手たちは乱闘の場に矢を射かけ、双方の戦士たちの命を奪った。死体が水しぶきをあげてナイル川に倒れこんだ。戦いは一進一退のくり返しだったが、やがて襲撃隊が優位に転じたようだった。敗北を意識して、メリトアテンは隠れ場所から立ちあがり、死せる戦士の剣を拾いあげた。

「勝利を勝ち取れ！」彼女は祈りをこめて、強襲者の一人に刃を突き立てた。

防御者たちは、彼女の姿を見て勢いを取りもどした。侵入者たちに突撃して、艫まで追い立て情け容赦なく殺した。襲撃船がまた現れた。王女の怒れる剣士たちは襲撃船に飛び乗り、残る射手たちを皆殺しにし、死者を積んだその船を押しやった。船は漂いながら遠ざかっていった。

メリトアテンは舳先へ行き夫を探した。甲板には血が浸みていて、死者や負傷者がいたる所に横たわっていた。ゲイセロスが血だらけの短剣を携えて現れた。彼女は腕を巻きつけて夫に抱きついた。

「われわれはもう安全だ」彼は言った。「君がわれわれを勝利に導いたのだ」彼は船長のほうに向きなおった。船長は操舵用オールの前に座っていて、矢が彼の肩から突き出ていた。「そうだろう?」

船長はうなずいた。「もう障害はないはずです。われわれは間もなくデルタ地帯に近づきます——海に通じる航路がいくつもあります。明日の朝には、エジプトはわれわれの航跡の後方になっています」

船団は夜陰を縫って航走し、たわわに実る大麦畑に縁どられたナイルデルタの東側の分流を下っていた。地中海がほどなく指呼の間に現れ、三艘のボートは青緑色の海に滑りこんだ。彼らは近づいてくるレバントからの交易船の列との間に、朝陽に照らされて空が明るくなったので間隔を保ち続けた。

メリトアテンはゲイセロスと一緒に座っていた。エジプトの沿岸は彼らの後方へ漂いながら去りつつあった。彼女は胸にしっかり抱いているヤギ革の袋を握りしめながら、自分の先行きに思いをはせた。彼女は数えきれないほどの人命を救ってきたが、自分の大切なものを総て犠牲にしてもいた。

立ちあがると、彼女は新しい使命感を胸に舳先へ歩いていった。開けた海の彼方の水平線と対峙して、彼女は手招いている未知の世界に向かって目を凝らした。

第一部　瀑布（ばくふ）

1

二〇二〇年五月
コパパヨ、エルサルバドル

エリーズ・アグイラは埃っぽい村の広場を通りすぎる葬式の列を、暗い眼差しで見つめていた。棺(ひつぎ)を担(かつ)いでいる四人の男性は顔をふせ、肩に乗せている子どもの白い棺のバランスを取りながら歩いていった。黄色いランの小さな花束が蓋(ふた)に横向きに載っていて、手描きのサッカーボールの絵を覆い隠していた。

死んだ子どもの家族は棺の後に従い、町の者たちから慰めの言葉を掛けられたが、人目を憚(はばか)らずに泣いていた。

エリーズは一行が草木の生い茂った角を曲がるまでついて行った。町の狭い墓地はすぐ向こうの小さな丘にあった。

彼女は葬列を遠巻きに追走している一台の黒いジープを無視して向きを変え、反対方向の踏みならされた小道へ入っていった。屋根が低い漆喰造りの一握りの建物の脇を彼女は通りすぎていった。村の三〇人の住まいだった。その道は丘をゆるやかに下っていて、前方には煌めく青い湖が広々と開けていた。

セロン・グランデはエルサルバドルでは最大の貯水湖で、その地域一帯に電気を供給するために造られた。レムパ川が一九七六年に堰き止められた時に数百戸の家族が移住をし、その一部は急遽建てられたコパパヨ村へ向かった。エリーズは湖をちらっと眺めた。カヌーに乗った漁師一人と小さな一艘の作業船が湖面を過ぎっていた。右手には、湖を形成しているセロン・グランデダムの上端であるパウダーグレー色のコンクリートの壁が連なっていた。

エリーズはその道を湖岸近くまで下りて行った。節くれだった木の根を棕櫚の葉で覆った日除けの前で立ちどまり、彼女は額の汗をぬぐった。赤いテントが六つ、日除けの反対側に半円形に張ってあって、陰になっている日除けの内側と向き合っていた。左右には広い農地が広がっていて、トウモロコシの緑の茎に埋めつくされていた。

日除けの下では、同僚のアメリカ国際開発庁の科学者たちが、にわかごしらえの作業台を囲んで座り、実験やコンピューター分析を行っていた。そのグループは湿気の強い気候なので、ショーツにT-シャツ姿だった。

ひょろりと痩せていて分厚い眼鏡をかけた、もじゃもじゃ髭の男が顕微鏡から顔をあげた。「どうした、渋い顔をして?」彼は強いボストン訛りで訊いた。

「村で今日、葬式があったの。葬列がついいましがた通りすぎたところよ」

「あの少年の?」

エリーズはうなずいた。

「とても悲しいわ。ロンディからこの村のある少年が、病でスチトトの診療所に入っているとは聞いていたけど。ひどく悪いとは思っていなかったの」

彼は地元の十代の少年に声を掛けた。少年は容器に入ったトウモロコシの茎を区分け中だった。「ロンディ、あの少年になにがあったのだね?」

その少年はいそいで科学者たちのそばにやって来た。「あの子は少しの間、エンフェルモだった(具合が悪かった)。お医者が来て、あの子を先週病院へ連れて行ったが、病院はあの子を助けられなかった」

「どういう診断だったの?」エリーズが訊いた。

ロンディは肩をすくめた。「ウン・ミステリオ(謎です)。お医者たちは、はっきり言わないんです。ほかの場合とまったく同じで」

「ほかの場合って、どういうこと?」

「村のほかの子ども三人が、この二、三か月のうちに死んでいる。同じことです。彼らはエンフェルモになり、お医者たちが助けようとしたが遅すぎた」

エリーズは同僚を見つめた。「フィル、そのことと農産物との間に関連があると思う？」彼女はロンディが先ほどまで区分けしていたトウモロコシの容器を指さした。

「われわれがここの農家たちに提供した、遺伝子操作した種子のためにかい？」彼は首をふった。「まったくないね。この種類は干ばつに強い抵抗力を持つように、遺伝子組み換えをしただけだし、世界中でなにごともなく使われている」

彼女はうなずいた。「胸が痛むわ、子どもたちが病にかかるのを目の当たりにすると」

同僚は肩をすくめた。「われわれは農学者だよ、エリーズ。医者じゃなく」彼は豊かに育っているトウモロコシ畑にちらっと視線を向けた。「それに明日、われわれは荷づくりをして一五キロあまり北へ移動しなくてはならない」

彼はエリーズの顔に落胆の色を見てとった。「分かった、われわれにもっとできることがあるかもしれない。われわれの国の責任者にe‐メールして、彼女から世界保健機関に要請してもらうことにしよう。彼らはエルサルバドルにしっかりした拠点を持っている。きっと彼らは、調べるために誰かを派遣してくれるだろう」

「ありがとう。ここの人たちはなにが病気をもたらしているのか知る権利があるわ」

彼はうなずいた。「それはそうと、君とロンディには区画17の生育状況の評価をしてもらいたい」彼は部落周辺の畑の略図を指さした。区画17は湖に近い小さな畑だった。

「シー。それがどこかは分かっています」ロンディは言った。彼はカンバスバッグを摑み肩に掛けた。

エリーズは彼の後から小道を下りて行き、近くのトウモロコシ畑を通りすぎていった。一緒に歩きながら、彼女は葬列と小さな白い棺のことを考え続けていた。

「ロンディ、ほかの村にも病気の子どもたちがいるの？」

彼はうなずいた。「フランシスコという名前の従兄が少し前に死にました。彼は湖の向こう岸のサン・ルイス・デル・カルメンに暮らしていたのだけど」

「何歳だったの？」

「四つ、だと思います」

「その村を思い出せないわ。私たちそこの農家にも種を提供しているのかしら？」

「いいえ。もともと、たいそうな収穫ぶりです。しかし、先週あそこでシェンティフィコス（科学者たち）を見かけました」

「どんな科学者たち？」エリーズは訊いた。「私たちのチームは四日前にセロン・グランデに着いたばかりなの」

「アメリカの人たちとは思えません。彼らがどこから来たのか、誰も知らないようです」

「彼らの目的はなにかしら？」

また肩をすくめた。「彼らはあのニノス（少年）について尋ね、食べ物と水のサンプルを少し持っていった」彼はプラスチックの標示の所で止まった。それには17と記されていて、地面に刺さっていた。「ここがわれわれの区画です」

エリーズはロンディのバッグから黄色い紐のスプールを取りだし、トウモロコシ畑に数メートル入っていった。紐を解いて地面にたらし、茎の一画を四角く囲んだ。ロンディに手伝ってもらって、彼女は囲いの中の茎をみんな調べ、それぞれの茎の蕾と穂の数を記録した。数字をクリップボードに手早く書きこみ、紐を数メートル離れた一画へ持っていって計算をくり返した。キャンプへ戻ると、畑全体の収穫高をはじき出す。

「湖岸のキャンプに戻りましょう」ロンディは計測が終わるとそう勧めた。彼は先に立ってトウモロコシ畑を縫っていった。

二人は堰き止めダムを見おろす低い崖の上に出た。彼女たちから二キロ足らずの右手に、セロン・グランデダムの全長八〇〇メートルのコンクリートの壁が望まれた。二人は反対側に向かい、湖岸沿いにキャンプへ向かった。

村へ通じる道に近づくと、エリーズは立ちどまって水際のコンクリートの台に載っている小さなアルミ製の風車を見つめた。八枚の羽根が軽いそよ風を受けて回っていて、湖水が台座の下に打ち寄せていた。「これが去年ここにあった記憶はないけど」

「村の井戸の水が少なくなったので、政府が用意してくれたのです。いまでは、湖から水を得られる。フィリップさんが昨年これを据えつけるのに協力してくれたんです。あなたが引き払ったのちに」

「その水は畑の灌漑に使われているの？」

「シー。それに村のために。風車で湖の中まで伸びているパイプから水を引いているのです。水を畑に引けるし、濾過貯水槽へ送りこんで、そこからポンプで村へ送りこむこともできます」

エリーズは風車を見つめていたが、やがてロンディのほうに向きなおった。「あなた、ボート持っているわよね？」

「入江のすぐ向こうに繋いであります」

「私を湖の中ほどまで連れて行ってくれないかしら？　取水パイプ付近の水のサンプルが少しほしいの」

「ボートを取って、すぐ戻ってきます」

エリーズは小走りでキャンプへ向かい、ダッフルバッグと生育記録を投げだした。その代わりに、彼女は試験管を六本固定してあるベルクロポケットをカバンに入れた。湖岸に戻り待っていると、やがてロンディが小さなアルミのボートを汽走させて現れた。

「すいません」彼は歯を見せて微笑んだ。「エンジンが、いつもなかなか掛からないんです」

その窪んで錆びついているボートの動力は、ロンディより年上とおぼしき小さな六馬力の船外モーターで、煙を吐きながらアイドリングしていた。彼女はカバンをベンチの上にひょいと投げ、舳先を岸から押しだしてボートに飛び乗った。ロンディは深みのほうへ戻っていき、モーターを回転させて岸を離れた。少しばかり走ると、彼はエンジンを切ってボートを漂わせた。

ロンディは風車と自分たちの位置関係を目測した。「パイプが口を開けているのはこのへんです」

エリーズはカバンから試験管を二本取りだし、栓を外して冷たく澄んだ水の中に浸した。栓をしながら、彼女は死んだ魚が一匹近くに浮いているのに気づいた。「あなた、この湖で死んだ魚をよく見かけるの?」

ロンディはまた肩をすくめた。「ダムの横で何匹か見たことがあるけど」

「案内してもらえない?」

ロンディが船外モーターのスターターを一〇回以上も引っ張ったすえに、エンジンはやっと軋りながら始動した。彼はダムを目指し、カヌーに乗った年配の漁師の脇を通りすぎた。漁師は巾着網を揚げていた。二人はダムの安全用防御柵に近づいていった。と言ってもそれは、水面に張られた鋼鉄製のケーブルにすぎなかった。ロンディはモーターを止めて、ボートがケーブルに擦れるに任せた。死んだ魚が何十匹も、膨らんだ白い腹を空に向けて水中で浮き沈みしていた。

エリーズは携帯電話で写真を何枚か撮っているうちに、村の人たちが湖の未処理の水を飲んでいるのだと思い、気分が悪くなった。サンプルをさらに二本収集すると、貯水湖を見わたした。

「北のサン・ルイス・デル・カルメンのほうへ行きましょう。あのあたりで、もう一本サンプルを採りたいの」

ロンディがうなずいていると、三度、雷鳴のように鋭く深く轟きわたる音がダムの反対側で木霊した。エリーズと十代の少年は顔を見合わせた——陰に籠った響きが彼らの足許で唸りをあげた。ゆるやかな瀑布となって、二人の眼前のコンクリートのダムの中央の部分が轟音もろとも崩れ落ちた。

エリーズは悲鳴をあげ、ロンディは船外モーターを起動させようとした。モーターは咳きこみながらも作動した。ロンディはスロットルを全開にした。小さなボートは崩壊するダムから猛然と離脱し、一〇メートルほど走ったものの、そこから進まなくなってしまった。小型モーターは呻くばかりで、ボートはまったく動かない。

「どうしたの？」エリーズは叫んだ。

「潮流が……強すぎる」ロンディは大きく目を剝いて彼女を見つめた。舵に掛けていた彼の手は震えていた。

彼の背後では、ダムが崩壊して一〇〇メートルほど下の渓谷に落下しており、湖水の流れが勢いを増した。

スロットルを握りしめているうちに、手の甲が白くなった。ロンディは湖水の先端を振り返って見つめ首をふった。

彼とエリーズは、広がるいっぽうのダムの破口部へ、それとそのすぐ先の死の滝のほうへ、ボートが引き戻されるのを見つめるしかなかった。

2

雷鳴のような轟きが貯水湖中に木霊した。

「なんだ、あれは？」ダーク・ピットは二台のコンピューター・モニターの背後から頭をあげた。彼は湖底のソナー画像を観察中だった。作業船の狭苦しい操舵室の隣で、船を操縦している背は低いが体格のがっしりとした男を見つめた。

「雷ではないな」アル・ジョルディーノは側面の窓から青空を見あげた。「ひょっとすると、俺の腹かな。ランチとは名ばかりの代物を頂戴したが」彼はポテトチップスの袋を丸めて計器盤の上に投げだし、フロントガラスの前方に目を向けた。

彼はにわかに上半身を起こした。「おう、兄弟、あれをちょっと見ろよ。ダムだよ」

ピットは立ちあがり、一八七・五センチの身体を伸ばしながら船首の先へ視線を走らせた。四キロ足らず向こうにはセロン・グランデダムの縁が貯水湖を横切っていた。だがいまや、そのダムの真ん中が大きく口を開けていた。小さな舟が二艘、開口部のまっすぐ前に居合わせて、その裂け目へ引き寄せられつつあった。

「ダムが決壊したんだ」彼は言った。「それに、あの二艘の舟は水と一緒に流されている」

ジョルディーノはスロットルを前へ叩きこんだ。全長ほぼ一〇メートルの作業船は、二五〇馬力の船外モーター二基に駆りたてられて飛びだした。危険に背中を向けるどころか、彼は混乱の坩堝めがけて直行した。

彼は肩越しに開けた船尾後方の、泡立つ航跡の中を引かれている張りつめた青いケーブルを見やった。一〇〇メートルほど背後で、黄色い曳航ソナーフィッシュが水面を破り水中を弾んでいた。

「取りこんでいる暇などない」ピットはジョルディーノの考えを読んで言った。彼はキャビンの後部ドアのほうへ移動した。「できるだけ接近しろ」

ピットは露天甲板へ出ていき、隔壁から救命浮輪を一つ外し、バケツに収まっているコイル状のロープに結んだ。船尾板へ向かい、遊んでいるもう一方の端を船尾の耳型索留にしっかり縛りつけた。舷側越しにダムのほうを見て、着いたものの遅すぎるのではと彼は案じた。

エリーズは調査船が自分たちのほうに突進してきていることに気づいていなかった。

彼女はそばにいるカヌーの、助かろうと懸命に戦っている老いた漁師に神経を集中していた。彼は必死に櫂を漕いで切り抜けようとしていたが、その細い木造船は滝となって落下している奔流のほうへ、すごい勢いで逆向きに引き寄せられつつあった。老人は骨ばった左右の腕を振りまわして力をこめ間断なく漕いでいたが、迸る水の力の前には無力だった。

「ロンディ、あなたあの人を助けられる?」

彼女は落下する水の轟音に負けぬように声をはりあげた。十代の少年は怯んだものの、舵柄の位置を修整してボートを漁師のほうへ向けた。

エリーズはカバンを首にかけ、カヌーの船縁を掴んで二艘の舟を引き寄せた。漁師はうなずいて感謝した――そして反対側の水をパドルで叩き続けた。

それは勝ち目のない戦いだった。どちらの舟も、崖縁のほうへ滑り寄っていった。もう三〇メートルもなかった。

落下する湖水の轟音越しに、エリーズは新たな音に気づいた。それは大型エンジンの唸りだった。調査船はダムに向かって、トップスピードで疾走していた。

その船は青いケーブルを引きずりながら大きな弧を描き、やがて速度を落として彼女たちのすぐ前で止まった。背が高く髪の黒い男が船尾に立っていて、ロープを投げてよこした。

「どちらかの舟に縛りつけろ」彼は怒鳴った。「われわれが引っ張ってやる」

ロープはアルミ製のボートの舳先に落下し、漁師がそれを摑んだ。ロープを片方のボートに結びつけずに、彼は自分の腰に巻きつけて水中に飛びこんだ。

エリーズは自分の眼を信じかねた。ちらっと振り返ると、湖水の落下地点まで一五メートルもなかった。滝の曳く力は強まるいっぽうで、エリーズもカヌーを流されるに任せるしかなかった。

しかし、調査船は彼女たちの位置を追走し、操縦士は二基の船外モーターをフェザリングにして船を近くに留めた。船尾の背の高い男は猛然とロープを引っ張り続けた。やがて老人の頭がすぐ横に浮かびあがった。彼は老人を水中から引き揚げロープを外した。ロープをかき寄せると、彼はそれをまたボートめがけて投げた。

「結わいつけろ」彼は叫んだ。

ロープが宙を飛んでいる間に、アルミ製のボートは速さを増す潮流に曳かれて向きを変えてしまった。ロープは高く片側に逸れたが、ロンディはそれをどうにか摑み取った。「摑んだぞ」彼は立ちあがり、船縁越しに身体を伸ばした。

彼の一メートルほど前方にいたエリーズは、彼と同じような動作をしようとした。二人が右側の船縁に体重を掛けたために、ボートは片側に沈みこみ船縁が水面に触れた。

エリーズは後へ飛びのこうとした。しかし遅すぎた。流れこんだ水に埋めつくされ、ボートは転覆した。

彼女は本能的にボートにしがみついたが、ボートに引きずられて水中に沈んでしまった。手を離し、手足をばたつかせて湖面を目指した。空気を求めて喘ぎながら、彼女はロープにしがみつき、横をすばやく通り抜けるロンディをちらっと目撃した。愕然としながら気づいた。彼は動いていなかった。急速に水中を移動しているのは自分だった。

改めて慄きながら、エリーズはダムから遠のこうと泳いだ。速い流れに、体力を奪い取られてしまった。背後に迫ってくる滝の轟きが聞こえたし、感じ取れた。

一段と激しく水を搔いている彼女の腕がなにかを叩いた。誰かほかに、人が水中にいた。一瞬、彼女はロンディと彼のロープにたどり着いたのだと期待した。水面を一目見ると、そうではないことが分かった。代わりに、調査船の髪の黒い男が隣にいた。

彼はエリーズの腰に腕を掛けて、自分のほうに強く引き寄せた。混乱して、彼女は脚を蹴り手を振り続けた。やがて彼女は、落ち着いた男の声を聞きつけた。エリーズはもがくのをやめて男の顔を見あげた。

「私にしっかり摑まって、深く一つ息をするんだ」男は緑色の目でウインクした。それは彼女がこれまで見たことのない濃い緑色の目だった。

アドレナリンが状況分析に先行し、彼女は男に言われた通りにした。ほかにどうしようもなかった。二人は滝の縁に達してしまっていた。

男は指を一本空中に伸ばして回した。彼女は両方の腕で男に抱きつき、最後の息継ぎをした。

つぎの瞬間、重力が勝利し二人は滝から落下した。

3

エリーズは水の流れにもまれながら、急速に落下する感覚に見舞われた。目をきつく閉じ息を止めて、彼女はピットに抱きついていた。彼の両腕はエリーズに巻きつけられ、左右の脚は折り曲げて絞めつけていた。急激に落下する水に翻弄されながら、彼女は両脚と背中をなにかが滑るように横切るのを感じ取った。

彼らはいつまでも落下し続けるように感じられた。エリーズはダムの基底部の岩盤に激突するのを予期して緊張した。その衝撃には見舞われなかった。その代わり、彼女はピットに揺さぶられ、彼の両腕から引き離されそうになった。なにかのせいで、二人の落下は止まった。

彼女は拳でピットのシャツを握りしめて、彼のほうへ身体を引き戻した。打ちつける水に逆らってそうするには、人間離れした頑張りが必要だった。彼女は一階また一階と崩れ落ちてくる、エンパイア・ステイトビルに襲われているように感じた。

ピットはまた彼女を引き寄せ、彼女は容赦ない水圧に逆らってひしと抱きついた。

エリーズは一瞬目を開けた。飛び去ってゆく激しく泡立つ白い水しか見えなかった。早鐘を打っていた鼓動が、ほんの少しゆるやかになった。エリーズは息をする必要に迫られていることに気づいた。上から落下してからほんの数秒しかたっていなかったが、その間に掛かった負荷は強烈だった。

彼女の思いはめまぐるしく駆けめぐった。私たちはどうなるのだろう、どうやら滝の途中にぶら下がっているようだけど？　彼女は自分に言い聞かせた。なにがあろうと水は絶対に飲んではいけない。息はしない、気を失おうとも。その時は、運命に従うまでだ。

落下する水の力は彼女の四肢を引き裂き、溺死する恐れを彼女の頭から奪い去った。左右の腕は痛んだが、ピットにすがる力が無くなったら即、死に繋がる。だが彼女は、自分がしがみついている筋張った男には、そんな疲れている様子は感じられなかった。まるで彫像のようで、彼女を抱きしめている左右の腕は、降り注ぐ水に押しひしがれながらしっかりしていた。

水圧が二人を揺さぶり、彼らをダムに叩きつけた。一度衝撃を受けた際に、エリーズの片方の脚がダムの表面沿いに滑った。妙なことに、壁面が自分から遠ざかるように感じられた。なぜか二人は、ダムの側面を滑りながら上っているようだった。

また、エリーズは息継ぎをする必要に迫られた。彼女の頭は疼き、肺は空気を求めて痛んだ。彼女はあっさり成り行きに身を任せようと思いはじめた。やがて、彼女の左右の脚がダムのごつごつとした上端を擦りながら越えると、殺到する水のざわめきが和らいだ。

目を開けると、驚いたことに一メートルほど先まで見えた。水の流れは依然として強かったが、これまでほど激しくもなく泡立ってもいなかった。いまや、ピットがその片方の脚に細くて青いケーブルを巻きつけていて、それが脚の下にある黄色いチューブ状の装置に繋がっているのを見届けることができた。ピットは両足をその物体の先端に押しつけていて、それが彼らの落下を阻んでいた。

エリーズは肺が破裂しそうに感じた。自分を救ってくれた人を見あげた。長い時間陽にさらされてきた厳しいが整った顔をしていた。両目を開けて、彼は自信と知性に満ちた眼差しでエリーズを見つめた。もういちど緑の目は彼女にウインクして、しっかり摑まっているんだ、すぐ安全になるからと告げていた。

水の勢いは弱まった。ピットは曳行ソナーフィッシュから両方の脚を放し、脚を蹴って昇っていくうちに水面を破った。エリーズは喘ぎながらなんども深く息をして肺を空気で満たすと、頭の疼きはゆっくりと和らいでいった。水の流れはいまも彼らの身体を引っ張った。彼女はピットにしっかりしがみついていた。彼は左右の腕を伸ばしてケーブルを握りしめていた。

エリーズが前方を見ると、調査船が目に映った。その船尾で、巻き毛で地中海風の容貌の男が、逞しい左右の手と腕でケーブルを慌ただしく取りこんでいた。その近くの水中では、ロンディが調査船の船尾から延びるぴんと張った救助用ロープに摑まっていた。

「あのシャワーには恐れいったよ」とピットは言った。彼は向き直るとエリーズに微笑みかけた。「君、だいじょうぶ?」

まだ喘いでいたが、彼女はうなずき弱々しく笑いを浮かべた。

ジョルディーノは二人を船尾脇の片隅に引き寄せ、調査船をその場に固定している旋回中の二基の船外モーターとの間に間隔を置いた。彼は腕を伸ばし、なんの苦もなくエリーズを甲板に引き揚げた。ピットは自力で船に乗りこみ、舵取りをしている老いた漁師に手を振った。つぎに彼は残っているケーブルと曳行ソナーフィッシュを取りこんだ。

ジョルディーノは曰くありげな笑いをピットに投げかけた。「樽を使うことを考えるといい、こんど滝に飛びこむ決心をした時には」

「樽など、意気地なし用だ」とピットは言った。「それはともかく、引っ張りあげてくれてありがとう」

ジョルディーノは船尾の反対側へ行って、ロンディを引き揚げだした。「あんたがロープの端まで流されないでくれと願っていたんだが。よかった、ソナーフィッシュがケーブルにしっかり繋がっていてくれて」

「同感だな」とピットは応じた。「どうも、ケーブルが少し伸びてしまったようだ、われわれが調査をスタートした時に比べると」

「われわれの今日の調査は終わりだな」ジョルディーノはエリーズと老人のほうにうなずき、ロンディを船に引っ張りあげた。

十代の若者は震えながらその場に立ちつくし、口ごもりながら言った。「ミス・エリーズ……あなたは行ってしまったと思いました……ダムを越えて……それっきりだと」

「私もよ」エリーズはピットのほうを向いた。「なんともお礼の言葉もありません」

彼女は近づいて行っておずおずとピットと握手をした。「名前はエリーズ・アグイラ、アメリカ国際開発庁の職員です。水のサンプルを採ろうとしていたんです、ロンディと一緒に。その最中にダムが崩壊してしまった」

ロンディは、いまは少しばかり落ち着きを取り戻し、エリーズに倣ってピットとジョルディーノと握手をした。「私はダムが崩れ落ちたとは思っていません。爆破されたのだと思います」

エリーズは彼を見つめた。「ロンディ、誰がここのダムを爆破するというの?」

ロンディは肩をすくめた。「私には分かりません、ミス・エリーズ。ちょうど爆発のような音がしてから、ダムが崩れた」

彼らはみな振り返ってダムの残骸を見つめた。貯水湖の水位は六メートルほど下がり、コンクリートの壁にできた鋸歯状の大きな開口部が露出していた。排水は緩やかになっていたが、その衝撃は明らかだった。広範囲にわたって泥土が、貯水湖の湖岸に露出していた。調査船は滝の引く力が弱まったので前進した。

ジョルディーノは熱いコーヒーの入ったサーモスをエリーズとロンディのために見つけてやり、操舵室へ行って老人を舵取り役から解放してやった。ゆっくりスロットルを前へ押して、彼は船をダムから遠ざけた。

エリーズはゆっくりコーヒーをすすり、サーモスをロンディにわたすと、甲板に置かれた曳行ソナーフィッシュを見つめた。彼女はピットのほうを向いた。「あなた方はセロン・グランデでなにをしていらっしゃるんです?」

「われわれはサンサルバドルでの海底技術会議に出席中で、午後空いていたんです。新しいソナーシステムの実験をしてみようと思いつき、この湖底で怪獣か難破船が見つからないか試してみることにしたのです」

「怪獣か難破船?」

「アルと私はNUMA(国立海中海洋機関)の者なんです」

エリーズはNUMAのことをよく知っていた。アメリカの科学組織で、世界の海洋の監視に当たっていた。ピットは実を言えばその機関の長官で、長年の友人であるアル・ジョルディーノは水中技術部門の責任者だった。空軍での兵役以後、海洋技術者暮らしのピットは海の魅力に生涯取りつかれており、あらゆる機会に水中探検に引き寄せられていた。

「ええ、NUMAなら知っています」エリーズは言った。「もっとも、あなたがこの湖で怪獣なり沈没船を見つけることはないでしょうけど。ところで、NUMAの船はぜんぶ青緑色に塗られているものと思っていたのですが」彼女は調査船の白い隔壁を軽く叩いた。

「レンタルです、地元のエンジニアリング会社からの」ピットは知らせた。「われわれはついていた、彼らが船外モーターをけちっていなくて」

彼は手すり越しに、露出した湖岸沿いに転がっている、泥まみれの何本ものタイヤを見つめた。「なんと言いましたかね、あなたとあの少年がこの水上でしていたことは？」

「私がここへ来たのは、地元の農家の収穫高を支援する科学班の一員としてなんです。輪作、灌漑、それに肥沃化技術面での助力に加えて、私たちは収穫量が増えそうな新しい品種も紹介しています。私たちの班はエルサルバドルとグアテマラ全域の農家に協力しています」

彼女は少し離れたトウモロコシ畑を指さした。「一部の村の収穫量は、わずか三年で倍以上になりました」

「立派な成果のようだ」ピットは言った。「しかし、よく分からないのですが、なんのために崩壊中のダムの前を走行していたのか」

「この数か月の間に、この地域で児童の原因不明の死が起きているんです。ロンディに訊いたところでは、いくつかの村は飲料水をこの貯水湖から引いているそうなので、サンプルを集めようと思い立ったのです」彼女は依然として首から下がっている水浸しの革のカバンを軽く叩いた。

ジョルディーノは操舵室で肩越しに振り向いた。「どこに下りたい?」

「あの風車にできるだけ近い場所に」ロンディが西の湖岸を指さした。

ジョルディーノは調査船の向きを変え、水深が浅くなったので速度を落とした。湖底が見えはじめたのでエンジンを止め、プロペラを引き揚げ船を漂わせているうちに船体が擦(こす)れた。「これが近づけられる限度だ。気をつけてくれよ、流砂に足を取られないように」

エリーズ、ロンディ、それに漁師は改めて礼を言うと船縁を乗り越え、水を掻き分けながら岸へ向かった。エリーズは水際でちょっと立ちどまってＮＵＭＡの船に手を振り、ほかの者たちと一緒に五〇メートルほど干潟と砂地を歩いていった。

ピットとジョルディーノは三人が無事陸に上がるまで見つめていた。エリーズとロンディは南へ向かい、老いた漁師は北へ歩を運んだ。「今日は店じまいとしようか?」ジョルディーノは地平線でちらついている太陽のほうに向かってうなずいた。

「むろん」とピットは応じた。「俺たちも埠頭で、泥まみれの歩行をすることになりそうだ」

彼は滑るように船縁を乗り越え、船を深いほうへ押しだした。ジョルディーノはプロペラを下ろしモーターをゆっくり始動させた。ピットが船に乗りこみ浅瀬を離れたところで、ジョルディーノはスロットルを全開にした。だが間もなく、ピットが彼の腕を軽く叩いた。

「モーターを切れ!」ピットが叫んだ。

ジョルディーノはすぐさまその言葉に従った。モーターが静まるにつれて、せり上がっていた船が平らな湖面に沈みこんだ。彼はなぜだとピットに訊こうとして振り返ったとたんに、その理由が呑みこめた。

エリーズやほかの者たちを下ろしてやった場所が赤々と燃え盛り、黒い煙が立ちのぼっていた。銃声が湖を過ぎって木霊した。

何者かがアメリカの協力隊キャンプを襲撃中だった。

4

エリーズとロンディが湖岸に上がり脚についた泥を足踏みして落としていると、大きな爆発音が轟き地面が揺さぶられた。岸辺に隣接しているトウモロコシ畑の向こうで、黒い煙がキノコ雲となって空中に広がった。

「あれはキャンプ地よ」エリーズは言った。「急ごう!」

彼女は小道を駆けだし、ロンディがそのすぐ後ろからついて行った。だが、彼女の体力はたちまち萎(な)え、畑の反対の端についた時には息が切れてしまった。キャンプ地をすぐ目の前にして、彼女は途中で立ちどまった。

キャンプ地のほとりにあった棕櫚(しゅろ)の葉を葺(ふ)いた日除けは、いやその残骸は炎を噴きあげていた。その下では、ベンチやワークステーションが黒い燻(くすぶ)る塊(かたまり)と化していた。そばにあるテントはあらかた破壊されてしまっていた。

フィルが、輪を描いている一連のテントの背後からよろけながら出てきた。彼の服は焼け焦げていた。血痕(けっこん)が顔中に散っていた。爆発の破片に見舞われたのだ。彼はエリーズに気づかず、両手をあげてキャンプの反対側にいる誰かを止めようとした。

人間が二人、爆発でできた穴の反対側に立って、フィルと向かい合っていた。彼らは協力隊の一員でも村人でもなかった。どちらも黒い服を着ていて、目深にかぶったボールキャップとサングラスで顔は隠れていた。エリーズの目を引いたのは彼らの身形ではなかった。それはそれぞれに携えている攻撃用ライフルだった。腰だめにして、銃身を前方に突きだしていた。

片方の銃が火を噴き、フィルの胸に血まみれの筋が走った。科学者は後ろによろめき、テントの杭に躓いて地べたに倒れこみ、その場にじっと横たわった。

「フィル！」エリーズは彼の死体に向かって足を踏み出そうとした。なにかが彼女を止めた。ロンディだった。彼女の腕を鷲づかみにして、反対のほうへ引っ張っていた。

「走れ、ミス・エリーズ、走れ！」少年はぐいと引っ張り、トウモロコシ畑のほうへ彼女を押しだした。

呆然自失。エリーズは彼に急かされて向きを変え、畑のほうへ必死に走った。いっぽうの目の片隅で、湖上の光が煌めいた。だが彼女の注意はさらなる銃声に引きつけられた。彼女とロンディがトウモロコシの茎の最初の列に達した時に連射を見舞われ、ロンディは彼女を前方に押しだした。銃弾が二人の足許の地面をかみ砕き、つぎの瞬間、人の肉に喰いこんだ。

「行くんだ」ロンディは六発もの銃弾に背中を引き裂かれて喘ぎながら言った。

エリーズはよろけながら先を急いでいる最中に、片方の腕に痛みを感じた。目でロンディを追うと、彼は崩れ落ちた。彼女は自動ライフルの発射音と自分の激しい動悸に駆りたてられて走り続けた。銃声がいったん途切れた。襲撃者の一人が駈け寄ってきて、また発砲した。銃弾が唸りながらエリーズの頭上を飛び去り、彼女の脇のトウモロコシの茎の群れをずたずたに引き裂いた。

彼女はトウモロコシの茎の間を命がけで走り抜けた。腕から滴り落ちる血のために、頭がぼんやりした。とても走りくらべできる状態ではなかった。狭い灌漑用水路を跳び越えると、開けた場所に枯れたトウモロコシの殻の山が目にとまった。エリーズはネズミのように潜りこみ、胎児のように身体を丸めて凍りついた。

遠くで、ほかの者たちの叫び声がし、さらに銃声が炸裂した。彼女は息を殺した。だがそれは、ずっと近くでトウモロコシの茎が空を切る音がしたためだった。重い足音が開けた場所に入りこんできて、そして立ちどまった。乾いた皮を踏みしだく音が、エリーズに殺し屋が殻の山の回りをうろついていることを告げていた。

鋭い口笛がキャンプのほうでした。殺し屋はためらってから、短く殻の山に向けて連射した。彼は動きがないか様子を見ていたが、向きを変えるとキャンプのほうへ駆けだした。

殻の下で、エリーズは震えまいと闘っていた。彼女の顔のそばの乾いた茎が、銃声一過バラバラに砕けてしまった。どうやら、今の銃撃では彼女は傷められずにすんだ。足音が遠のいた。殺し屋は待ち構えているのだろうか？　彼女はできるだけじっと横になっているしかなく、ゆっくり浅く息をしていた。

数分たった。一台の車が走りだし遠ざかるのが聞こえた。さらに少し待ってから、彼女は殻の下をじりじりと移動した。失血のために頭がふらついたが、抜け出すために力をふりしぼった。殻の山からもう少しで出られそうになった時に、物の擦れる音が聞こえた。彼女は急いで殻の下に戻ろうとした。だが遅すぎた。

「エリーズ？」

振り返ると、ピットが開けた場所に入ってくるところだった。彼はエリーズの横に駆け寄り、殻の山から引っ張りだした。

「君はちょいと孔を穿られたようだ」彼は自分のシャツを裂き、エリーズの腕に巻いて出血を防いだ。

「殺し屋二人がキャンプを襲ったの」彼女はざらつく声で話した。「彼らはフィルやほかの者たちを撃った」

「どんな連中なのだろう？」

エリーズは首をふった。その目は生気を失っていた。ピットは腕を彼女の脇の下に入れて立たせてやった。彼女がバランスを取りもどしたので湖岸のほうへ誘っていくと、ジョルディーノがキャンプ地から出てきた。

「ほかに誰かいるのか?」ピットは訊いた。

ジョルディーノは首をふった。

「ロンディは? ロンディはどうしたかしら?」エリーズが訊いた。

ジョルディーノはじっと地面を見つめた。

「いやだ……」彼女は呻き、目には涙が溢れた。ピットに縋りついた。

「彼女は治療が必要だ」ピットは知らせた。「彼女をボートでスチトトへ連れて行くほうがいい」

エリーズが身体を動かした。「水のサンプル」

ピットとジョルディーノが訝しげに彼女を見つめると、彼女は首に掛けているカバンを軽く叩き、それをジョルディーノにわたした。

「どうかそれを持っていてください。安全に保管お願いします」彼女は辛うじてそう言い終わると意識を失い、ピットの腕の中に力なく倒れこんだ。

八〇〇メートルほど離れた場所では、アイドリング中の黒いジープの助手席に陣取った一人の女が、双眼鏡越しにそのやり取りを見つめていた。

「彼らは警察じゃないわ。武器だって、携帯しているようにはとうてい見えない」彼女は忌々しげに言った。「あの女はまだ生きているし、いましがた彼らにカバンをわたしたわよ」

「私は彼女をトウモロコシ畑で見失ってしまった」運転手は言った。顎の角張った男で、黒い髪は短く刈り込んであった。「あんたが打ち切りを命じたので、あの女を突きとめ損ねた」

「あの船上で、明かりが点滅するのを目撃した。それで彼らは警察だと思ったの」彼女は首をふった。「いっぱい食わされたわ」

「それでもわれわれは、彼らのコンピューターをぜんぶ押さえている」彼は肩越しに親指を突き立てた。後部座席には半ば熔けた何台ものラップトップ・コンピューターが散らばっていた。「もしも気になるのなら、引きかえして仕事を片づけてしまいましょう」

「それには遅すぎるわ。彼らは船に向かって戻りつつある。だけど、あの女はまぎれもなく負傷しているようよ」

「連中が彼女を治療に連れて行く場所は一か所しかない。スチトトだ」

「そうよ」彼女は双眼鏡を下ろして怒りの表情を彼に向けた。「あそこで彼らを待ち受けたいのなら、さっさとアクセルを踏んだらどう」

5

二基の船外モーターが最高の回転数で水を攪拌するとともに、調査船は狭くなった貯水湖を時速七〇キロを上回るスピードで飛ぶように疾走した。エリーズは船のデッキへピットに運びこまれて間もなく意識を取りもどしていた。彼は手早く救急箱を開けてきれいな包帯をエリーズの傷口に巻いてやり、ジョルディーノはスチトトの町へ向けて操船し、前もって救急医療の手配を無線で要請した。

彼らは数分後に湖畔の町に到着した。その町の小さな港は深い水辺に面していたので、ジョルディーノはたった一つしかない桟橋からほんの二、三メートルの場所に船を乗りあげさせることができた。ピットは船縁から飛び下り、ジョルディーノはエリーズを手わたした。ピットは彼女を木造の桟橋まで運んでいくと、ドアに赤十字の印のある色褪せた緑色の平床トラックが待機していた。白衣姿の若い男二人が担架を持って駆け寄り、エリーズをそれに収めトラックに乗せた。

ピットは運転手のほうを向いた。「彼女を早く診てほしいんだ」

相手はうなずいた。「ラ・クリニカ・エスタ・フスト・エン・ラ・シウダド（病院は町のすぐ近くにありますから）」

ピットが見守っていると、救急車は町を目指して音高く桟橋を走り去った。もしも彼が左を向いたなら、黒い一台のジープが大きなボートトレーラーの背後に停まっているのに気づいたことだろう。髪の毛の黒い男が下りると、そのジープは救急車の後を追って町に入っていった。

ジョルディーノは船の鍵を手に持って桟橋を横切り、ピットに近づいた。「彼女すっかり良くなってくれるといいが」

彼はうなずいた。「いくらか血を失ったようだが、傷はたいしたことはないらしい」

「いい娘のようだ」

「状態を確認するさ、船を戻してから」

彼らは湖岸の砂利道を歩いていった。道沿いには地元の人たちが列をなして、狭くなった貯水湖を愕然として見つめていた。湖に面した一軒の木造の建物にたどり着くと、ピットとジョルディーノは〝ダリエン土木〟と記されたドアから中に入っていった。机に向かって座っていた大柄な男が電話を切った。

「ああよかった、みなさん無事で」その男は窓越しに、桟橋の脇に乗りあげた船を見つめた。

ピットは皮肉な笑いを浮かべた。「それに、あなたの船も」

「船が何艘か放水ダムから落ちたと聞いたので、最悪の事態を案じていたんです」彼はピットを横眼で見て、着衣が濡れていることに気づいた。

「われわれはもう少しで人助けできる現場近くまで行ったが、あなたの船はまったく危険にさらされてはいませんので」

エドワルド・ダリエンは首をふった。「私はその筋に、あなたから連絡があった協力隊キャンプに加えられた襲撃の件を伝えました。この町の警察が現場に向かっていますし、それに陸軍の麻薬取締へリコプターがエルサルバドルから急行中です。襲撃者たちの特徴はお分かりですか?」

「残念ながら、われわれは彼らを目撃していない。しかし、彼らは紛れもなく爆薬と自動火器を十分備えていた」

「ここは平和な土地なんですが、わが国の麻薬ギャングは収拾がつかない。勢力争いでしょう。申し訳ない、アメリカの支援チームが巻きこまれたうえに、あなたたちまで危険な目にあわせてしまって」

「私は予定外に湖で泳いだだけで」ピットは言った。「ダムはどうなりました?」

土木技師は首をふった。「人づてに聞いたところでは、主放水ダムの上半分が崩壊したそうです。妙なことに、その水面直下の部分は、三週間前に隈なく点検したさいに、まったく問題はなかったのですが」

「破壊工作？」ピットが訊ねた。

「ありえます。大勢の人間が、貯水湖が作られた時に住処を失った。そのことで、麻薬ギャングの一人がどんなよからぬ考えを持ったものか分かったものじゃない」

「われわれはダムが崩れ落ちる前に、何度か大きな轟音を聞きつけた」ジョルディーノが知らせた。「爆発音によく似ていた」

「全面的に捜査が行われるはずです」彼はピットを見つめた。「探していたものが見つかりましたか？」

「われわれはただソナーのテストをしてみたかっただけです。ダムが建造された時に水没した定住地の上で曳行して。よい映像が撮れました。ここの真東の水没した村で」彼は貯水湖のほうを向いた。

その最中に、雷鳴のような爆発音が外でして、事務所の窓ガラスががたついた。ピットが振り向くと、乗りあげた作業船が火の玉となって炸裂し、破片が四方に降りそそぐのが目に映った。

「私の船が！」土木技師は机から飛びあがり、ドアから駆けだした。

「俺のソナー」ジョルディーノは口走った。彼はピットより早くドアを出ると、ダリエンを追って湖岸へ向かった。水際で、彼らは船体の残りが黒煙のベールの下で崩れ落ちるのを見守った。

「どうしてこんなことになるんだ?」土木技師は訊いた。

ピットは足許近くで燻(くすぶ)っているファイバーグラスの破片を蹴った。「この爆発は大きすぎる。事故ではない」

「燃料タンクはほぼ空だった」ジョルディーノが言った。

ダリエンは破片に目を凝らした。「何者だろう、こんなことをするのは?」

「どうも同じ奴らのようだ、ダムを吹っ飛ばし、支援チームを襲った連中と」ピットは周りの者たちを見回した。

集まった村人たちは船をまるで花火のように見つめていた。みんなショックを受けているようだった。

ピットは自分のレンタカーが野次馬たちに取り囲まれていることに気づき、ダリエンのほうを向いた。「陸へ連れてきた例の若い女性が、危険にさらされている恐れがある。われわれを病院へ連れて行ってもらえないだろうか?」

土木技師はポケットを掻き回して、ピットに鍵の束をわたした。「私はこれから警察に電話をし、船からなにか回収できるかやってみる。私のトラックを使ってください。病院は黄色い建物で、町の向こう端にあります」

ピットとジョルディーノは、建物の裏手に留めてあった土木技師のピックアップ・

トラックを見つけた。ピットがハンドルを握り、砂利まじりの一本道を運転して町へ向かった。道は樹木に覆われた丘の回りを巡ってスチトトの町へ通じていた。そこは小さな落ち着いた植民地風の田舎町だった。通りは玉石敷きで、町の中央には背の高い白壁の教会ラ・イグレシア・サンタ・ルシアが建っていた。

町へ入っていく途中で、彼らは通りを歩いている身形(みなり)がよく帽子をかぶりサングラスをかけた男の脇を通りすぎた。ピットはその男の横を走り抜けながらよく観察をし、ブレーキを踏みこんだ。トラックが車体を震わせながら止まると、その男はピストルを取りだしてすばやく運転席に二発撃ちこみ路地に駆けこんだ。

ある射角から発砲されたので、弾丸(たま)はピットの側のドアを射抜き、窓枠に載せてあった彼の腕の下を経てダッシュボードに命中した。ピットはトラックをリバースに叩きこみ、アクセルを床まで踏みつけて向きを変え路地に突っこんでいった。

「どうして分かった?」ジョルディーノは逃げる人影をトラックで追走しながら訊いた。

「彼の靴。両方とも新しい泥にまみれていた。とても、潮干狩りに行くような服装には見えなかった」

彼らが相手の男に迫っていくうちに、男は角を曲がって狭い脇道に入っていった。ピットはトラックを横滑りさせながら後を追い、つぎの瞬間、ブレーキを踏みこんでハンドルを片側にぐいと回した。

玉石敷きの通りを埋めて、少年六人がサッカーをして遊んでいた。疾走するトラックは角の建物の化粧漆喰の側面に喰いこみながら、一番手前の少年の寸前で止まった。数メートル前方で、殺し屋はすでに少年たちをすり抜けていた。彼は傷んだトラックのほうへちらっと視線を走らせ、煉瓦造りの長い建物にすばやく入りこんでしまった。

ジョルディーノは自分の側のドアを勢いよく開け地上に飛び降りた。「嬉(うれ)しいぜ、あの連中が一人も欠けずにいたとは。裏口のドアをカバーできるかやってみる」そう言い終わると彼は走り去り、建物の後ろへ回った。

運転席側のドアが壁に喰いこんでいるので、ピットは座席を横切ってトラックから下りた。武装した男を町中追いまわす愚かさがふと彼の頭をかすめた。襲撃者はおそらくこっちが武装していないことを知らないだろう。ピットはトラックの後部をさっと覗きこみ、荷台に転がっているハンマーを拾いあげ通りをたどっていった。

サッカーをしていた少年たちは、背の高い見なれぬ男が建物に近づき、下っている看板の下で立ちどまるのを見つめていた。そこには、ファブリカ・デ・ビドリオ（ガラス工場）と記されていた。ピットは入口に歩み寄り、ドアの取手を静かに横に動かし、つぎの瞬間、中に飛びこんだ。

6

ピットはショウルームに突入した。木製の高い棚がいくつも並んでいて、どの棚もガラス製品――花瓶、食器、コップであふれそうだった。ファブリカ・デ・ビドリオは色鮮やかな食器を地元の人やお土産屋用に造っている工場だった。ショウルームに人気はなかった。若い娘がただ一人、カウンターの奥で竦み、脅えた茶色の目でピットをまじまじと見つめた。

「エル・オンブレ（男は）？」ピットは訊いた。

彼女は作業場に通じている開口部を指さした。ピットはその角をすり抜けたとたんに熱風に襲われた。建物の裏手は天井の高い作業場で、混合炉、無蓋再加熱場、それに乾燥場が配置されていた。さらに側面の数多いガラス容器の棚には、砂、ソーダ灰、それに石灰岩が保管されていた。

職人二人が無蓋の炉の脇のストールに座って、吹管の先端の熔けた球状のガラスで小さな花瓶を造っていた。彼らは立ちあがって叫んだ。逃走中の殺し屋が横を駆け抜け、動物の小さな立像を収めた台を蹴とばして引っくり返したのだ。襲撃者は職人たちを無視して、よろめきながら裏手の頑丈な金属製のドアへ向かった。

ピットが作業場に入っていくと、男は後ろのドアにたどり着き取手をひねっていた。彼はその先へは進めなかった。ジョルディーノが反対側に辛うじて達し、開けかけたドアを彼に叩きつけたのだ。思いもかけぬ衝撃に殺し屋は後に跳ね飛ばされて、コンクリートの床へ投げだされた。すばやく体勢を立て直し、彼はピストルを前方に突きだして立ちあがりながらジョルディーノめがけて二発撃った。二発とも高く逸れたが、ジョルディーノはドアの陰に体を躱さざるを得なかった。ピットは男がまた発砲する前に割って入った。

作業場の手前側で、ピットはトラックから持ってきたクローハンマーを振りまわして投げつけた。それは宙を回転しながら飛んで行って、殺し屋の肩に命中した。彼は片膝から崩れ落ちて、苦痛に喘いだが、それはほんの一瞬のことだった。つぎの瞬間、彼は立ちあがり作業場を逆走した。

ピットはまだ移動中だった。彼は吹管工の一人に近づきその手から吹管をひったくると、それを投げ槍のように殺し屋めがけて投げつけた。槍は襲撃者の伸ばした片方の腕に命中、彼の手は白熱の熔けたガラスの塊に包まれた。肉が焼けこげ、彼は悲鳴をあげた。腕を振りまわし、ピストルとガラスの大半を床に投げだした。今度はよろけながら出入口に向かい、再加熱場の向こう側を回ってピットを避けようとした。
もう一人の吹管工はピットに倣うことにした。彼は立ちあがり、逞しい腕で吹管を逃げさろうとしている男を狙って投げた。それは男の腰に当たり、地べたにずり落ちた。

方向感覚を失い、殺し屋はふらつきながらガラスのゴブレットの保管棚に突っこみ、容器がシャワーのように降り注いだ。彼は片側によろけてつまずき無蓋の炉に倒れこんだ。驚いたことに、彼は悲鳴をあげなかった。

ピットと職人たちは駆け寄り、男を皮膚が焼けこげる前に燃え盛る残り火から引っ張りだした。彼はぴくりとも動かなかった。ピットは彼を仰向けに寝かせた。頭と上半身は白い灰に覆われていた。

「エスタ・ムエルト（死んでいる）」吹管工の一人が囁いた。

ピットも男が死んでいることに気づいた。

「ガラスのゴブレットの一つ」ジョルディーノが現れ、死んだ男の首の傷口を指さした。

いま初めてピットは、炉で焼かれて出血が止まっている短いが深い裂傷が男の耳の下にあるのを見てとった。男の背中の灰の下を、干あがった分厚い血の層が広がっていた。

「破片が彼の頸動脈を襲ったのだ」ピットは言った。「彼は意識を失って炉に転げこみ、火に取りつかれる前に死んだに違いない」

「ウン・アクシデンテ（事故）だ！」吹管を投げつけた職人は叫んだ。「ウン・アクシデンテ」

「シー」ピットは言った。「ウン・アクシデンテ」

ジョルディーノは死んだ男をざっと見回した。「こいつは何者だろう？」

ピットはその男のポケットを調べた。「財布も身分証もないが、現金がたんまりある」彼はUSドルの分厚い束を取りだした。エルサルバドルでは米ドルが流通している。彼はそれを死体の脇に投げだした。

「れっきとしたプロの証だ」ジョルディーノが言った。

「おそらく一人働きではないだろう」ピットは案じ顔でジョルディーノを見つめた。

「ほかに何者かが、エリーズを追っていると思っているんだ？」

ピットはうなずいた。

「行こうぜ」

ピットは職人たちに警察へ知らせるように伝えると、自分の直感が的外れであることを願いつつ、ジョルディーノを横に従えて建物から駆けだした。

7

例の黒いジープは距離を保って救急車の後を走り続けていたが、やがて町外れの病院のワンブロック手前で停まった。運転手は運動選手のような身体つきの女性で、髪は濃い赤毛で角張った顔をしていて、エリーズが担架であわただしく建物の中に搬入されるのを見つめていた。彼女はさり気なく入口の横を走り抜け、サンサルバドルに通じる大通りを目指して走り続けた。

彼女は輪を描いて戻り、建物の裏手に乗りつけると、通用口が見える一本の木の下で停車した。彼女の相棒は、エリーズがトウモロコシ畑に姿を消す前に一発撃ちこんだと言っていた。おそらく放っておいても女は死ぬだろうが、運任せにするわけにはいかない。

湖岸での爆発から数分たっていたので、彼女は相棒の姿がないか通りに目を走らせた。彼はどこにも見当たらなかった。小型の洗濯トラックが病院に近づき、バックして通用門に向かった。運転手が飛び降りブザーを鳴らすと、職員がドアを開けた。

彼女はほくそ笑み、小さなケースに手を伸ばした。中には化粧箱と黒い鬘が入っていた。生まれつきの白い肌の顔、首、さらには両手に、色の濃いクリームを塗った。それから髪の毛をあげピンで留めて鬘をかぶり、茶色のコンタクトレンズを入れた。つぎに、先刻かぶっていた黒いボールキャップを頭に載せ、庇を目深におろした。本来の目鼻立ちから注意をそらすために、最後の仕上げにピンク色のがっしりした緑の眼鏡を掛けた。

彼女は配達係が清潔な洗濯物を持って建物に入っていくのを待って、開け放たれたままのドアを潜り抜けた。戸口は狭苦しいうす暗い物置に通じていた。彼女はシーツや毛布を積み重ねた背の高い棚の陰に隠れた。配達係は廊下に並んでいる洗濯物を回収していた。彼が荷物を持って出ていくと、彼女は残っていた袋の一つをひったくって隠れていた場所に引きずりこんだ。

彼女は絡みあった患者のガウンの山を引っくり返していくうちに、医師用の緑色のスモックを見つけた。ボールキャップを投げ捨ててスモックを着てみると、彼女のサイズに近かった。彼女は配送係がまた入ってきたので、洗濯物の袋を持って立ちあがった。

「ウノ・マス（もう一つ）」彼女は袋を彼にわたし向きを変えた。

物置を出ると、彼女は壁に掛かっているクリップボードの一つを手早く外し、病院の中央廊下に入っていった。

病院は思いのほか大きく、ベッドが五〇以上あった。お蔭で彼女は目立たずにすんだが、ボートに乗っていた女を探すのはそれだけ難しくなった。彼女は病院の玄関のほうへ歩いていき、職員が現れるたびにクリップボードを鼻先にかざした。受付近くの一対のスイングドアに赤い帯が貼られていて、緊急室であることを示していた。彼女はドアの片側を開けて中を覗いた。

その部屋は空で、一人の用務員が診療台を掃除していた。彼女は中央廊下へ引きかえし、クラト・デ・レクペラシオン（回復室）と標示のある別の部屋を見つけた。中に入っていくと、渋皮のような顔をした看護師と出くわした。

「エスタ・セルビシオ（御用ですか）?」看護師は訊いた。

スペイン語に自信がなかったので、彼女はただうなずき回復室を見回した。ベッドが六つ置かれていて、どれもカーテンで仕切られていた。二つのベッドだけ埋まっていた。いちばん手前のベッドには高齢の男性が収まっていて、家族に囲まれていた。奥の片隅の、半ば閉ざされたカーテンの後ろに、エリーズが横になっていた。

女は看護師の脇を擦りぬけて、つかつかとエリーズのベッドへ近づき医療モニターを検討しているふりをした。アメリカの支援隊員は片方の腕に分厚く包帯を巻かれていて、鎮静状態にあるようだった。

女は肩越しに視線を走らせた。当直の看護師はドアの脇の席に座り、コンピューターにタイピングしていた。女はエリーズのベッドの周りのカーテンを閉じ、スイッチをひねって鼓動のモニター音を低くし、ベッドの頭部に近づいた。スモックの下にピストルの感触はあったが、それを使うには及ばないようだった。エリーズは無意識の状態なので、静かに抵抗を受けることもなく窒息死させられそうだった。

女がエリーズの枕（まくら）に手を伸ばしていると、カーテンが開けられる音がした。くるりと振り返ると、顔を赤く染め息をきらした二人の男と出くわした。一人は背が高く、もう一人は背が低かった。

「彼女はだいじょうぶですか、先生？」ピットは訊いた。

女はピットの衣服が湿っていることに目をとめ、例の船の二人組だと気づいた。

「シー、手術は成功です」彼女はしわがれ声で言った。「この若い女性は、休息が必要です。ノー・モレスタル（邪魔をしないように）」彼女はクリップボードを持ちあげて、男たちを追い払おうとした。

だが、ジョルディーノはすでにベッド脇の椅子（いす）にどさりと座りこんでしまっていた。

「われわれはどこにも行かないぞ、彼女が歩いてここを出られるほどよくなるまで」

ピットはうなずいた。「彼女の命が危険にさらされている恐れがある。警備員をつけてもらえませんか？」

時間はなかった。彼女は二人の男の顔に決意の色を見てとり、引き取るよう強制するのは無理だと悟った。いらだたしげにエリーズをちらっと見て、彼女はうなずいた。

「ええ、私が手配しましょう」彼女はすぐさま向きを変え、すたすたと部屋を出ていった。

「彼女はどうも妙だ」ピットが言った。

「なにが?」

「クリップボードの頁(ページ)だが、倉庫の在庫票のようだった」

「何者かが、彼女の支給品の白いストッキングをくすねているのだろう」

彼ら二人がエリーズが初めて見せた身じろぎに目を凝らしていると、一瞬遅れて、ひげを蓄えた医師が傍(かたわ)らに一人の看護師を伴って入ってきた。

「コモ・エスタ・ヌエストロ・パシエンテ(われわれの新しい患者かな)?」医師は訊いた。

「彼女はだいじょうぶだそうです、ほかの先生の話では」ジョルディーノが答えた。

「ほかの先生ってどんな?」その医師は英語で訊いた。

ピットが女の姿格好を知らせると、医師は肩をすくめた。

ピットとジョルディーノは顔を見合わせ、エリーズのほうを向いた。

「彼女の命は、外部からの脅威のため危険にさらされています」ピットは言った。

「どうか警備員を呼んで、彼女の護衛につけてください」

医師はドアのほうへとっさに飛びだし、ジョルディーノがすぐ後を追った。ピットは身振りで病院の入口のほうを指した。「君は正面に当たってみてくれ、俺は裏手を調べる」

ピットは廊下を猛然と走りながら側面の部屋を一つずつ覗きこみ、緑色のスモックの女を探した。彼が病院の裏手の物置に達し中に潜りこむと、駐車区画に通じるドアが開いているのが目にとまった。外では、車のエンジン音が響いていた。彼が埃の煙幕の中に入っていくと、例の黒いジープが轟音もろとも駐車区画から飛びだしていった。

ジョルディーノがその直後にピットに追いついた。「逃げてしまったか？」彼は大きく喘ぎながら訊いた。

ピットは身振りで通りの前方を示した。「黒いジープ」

「あれなら湖岸で見たような気がする」

「どうやらあの女は、爆弾を投げた仲間を置いてきぼりにすることにしたようだ」

「連中は紛れもなくエリーズや支援チームを追い出そうと躍起になっているが、俺にはなぜだか分からんのだが？」

「例の水のサンプルのせいのようだ。サンプルはガラス細工作業所での騒動を生きのびたのか?」

ジョルディーノは微笑んだ。「あんたはアル大王様を疑っているのか?」

彼がウインドブレーカーを開くと、エリーズが彼にわたした試験管四本が彼のシャツのポケットに無事収まっていた。

ピットは笑みを浮かべた。「帽子からウサギを取りだすよりお見事」

それから一時間、彼らが病院で待つうちに、NUMAのヘリコプターの一機が到着した。沿岸の沖合で作業中の調査船からピットが呼んであったのだ。いまや意識を取りもどしたエリーズはそのヘリでサンサルバドルに近いコマパラ国際空港へ搬送され、そこからアメリカ軍の輸送機で母国へ向かった。

ピットとジョルディーノはその場に留まって警察と大使館の係官に事情を説明し、あくる朝、自分たちの民間機に乗り、セロン・グランデダムの破壊と――その動機――を未解決のまま背後に残してワシントンへ飛び立った。

8

デトロイト市の街灯りは、夜空の澄んだ星さながらに黒い川に照り映えていた。水際を縁取っている彩られたガラスと鋼鉄の超高層ビル群は、かつての産業都市が最近直面している経済的苦境に対する強烈な抵抗を露わに示していた。ロン・ポウジイ船長は自分の船の右舷(うげん)船首前方のデトロイトの眩(まばゆ)い輝きから、左舷前方の船が発している似てはいるがこぶりな小さい光に目を転じた。折しも真夜中で、カナダのウインザー市のビルや人の住まいが、同様に温かみのある光で張り合っていた。ポウジイは目を擦(こす)り、デトロイト川の河狭部に流れこんでいる、二つの都市の間の細い黒い水の帯に改めて焦点を絞った。

「サー、少し目を閉じられたらいかがです?」二等航海士が話しかけた。陽気な若者で、名前はゴージ。「交通量は少ないようです、レーダーでは」

ポウジイはメイウェザー号がスペリオール湖西岸のサンダーベイ市を出航してから二日の間、ほとんど船橋に立ち詰めだった。一万二〇〇〇トンのタンカーはアルバー夕州産のタールサンド原油を積んで、同じカナダのケベック州にある製油所に向かって航行中だった。

ポウジイは操船指揮を譲ることに気乗りしなかったが、スーパーマンでないことも自覚していた。彼は正式には数時間前に二等航海士と交替し終わっていたのだが、船橋を行ったり来たりし続けていた。彼は立ちどまり窓の外を見つめた。「われわれがいったんエリー湖の水に接したなら、私は引っこむことにする」

エリー湖の入口はかっきり四〇キロ先だった。残る航路はデトロイト川の狭い場所を曲がりくねっていた。その水路は、いまの時刻でもしばしば混みあっていた。ポウジイはタンカーが安全な広い湖に達するまで、眠ってなどいられないことを心得ていた。

二等航海士は操舵士に減速を命じた。タンカーがグロスポイント市に近づいたのだ。船がゆっくりミシガン湖の湖岸へ向かうにつれて、ペシュア島とデトロイト川の河口が接近してきた。前世紀の変わり目近くに、その短い水域は通商河川として世界一の賑（にぎ）わいを見せていたものだった。時代と産業は劇的な変化を経ていたが、デトロイト川は依然として五大湖北部の経済活動に大きな役割を担（にな）っていた。

真正面で点滅する灯りがウインドミル岬の接近を告げていた。その先で、川は絵のように美しい州立公園ベル島を囲むように枝分かれしていた。主な航路は島の東側沿いなので、操舵士はタンカーをゆっくり左側に寄せる準備をした。

「大きな一隻(せき)の船が入ってきつつあるぞ」ポウジイは知らせた。

ゴージがポウジイの凝視しているレーダーに目を転じると、白い筋状の形がベル島の中心の外れを移動していた。スクリーンには、その船は発動機船(MV)ドルース号で時速一八キロで北へ航行中と標示されていた。二等航海士は船橋の窓の外に目を凝らしたが、黒い一つの影しか見えなかった。

ポウジイ船長はすでに双眼鏡に手を伸ばし、航路の前方を見わたしていた。「あの馬鹿(ばか)め、航行灯を消してフレミングの西側を疾走している」

フレミング海峡はベル島の東側の浚渫(しゅんせつ)水路で、通商航路に指名されていた。

ゴージは無線機に手を伸ばし、ドルース号に呼び掛けた。応答はなかった。

「バラ積み貨物船のようだが、それにしても大きい」ポウジイは双眼鏡を下ろし、川のデジタル・チャートを映しだしている頭上のモニターを見つめた。移動する白い長方形はメイウェザー号を現わしていて、それはベル島の北端に近づきつつあった。ドルース号は黄色い三角で示されており、フレミング水路から一定の角度で接近中だった。

双方が現在の針路通りに進むと、メイウェザー号は水路に入るのを妨げられかねないので、それを避けるには危険だが、貨物船の船首を横切って東へ抜けなければならなかった。

ゴージは船長の考えを読み取った。「われわれは連中が通りすぎるまでこの位置に留まるか、西側の水路に入るしかないようです」

ポウジイはうなずいた。相手の船に対する怒りは退き、自分の船の安全のほうが心配になってきた。「あほな奴を回避するとしよう。オールスロー。彼が通りすぎるまで、ゆっくり西の水路へ向かう」

ゴージは命令を操舵手に伝えた。タンカーの船首は右へ移動し、デトロイト市の街灯りのほうを向いた。

ポウジイは首をふった。貨物船の黒い輪郭が、攻撃的な針路を維持してますます近づいてきた。水路の形状のせいで、ドルース号はメイウェザー号目指して直進するコースをたどっていた。

山のような白い水が、相手の船首で砕け散っていた。ポウジイはゴージに船の速度を確かめた。

「あの船は二五キロは出ている」彼は張りつめた声で言った。

いまや二隻の船は直角に近い状態だった。貨物船は急速に接近中で、ベル島の先端を抜けたので当然右側へ変針すべきだった。だが、そうはしなかった。

「サー、あの船はわれわれに突っこむ気です！」

ゴージの声には隠しようもない恐怖感が宿っていた。レーダーは貨物船が左に鋭く向きを変えて、タンカーに突入する気でいることを示していた。

「面舵いっぱい」ポウジイは怒鳴った。「エンジン、全速後退」

操舵士は操舵輪を大きく回した。タンカーには反応する暇がなかった。全長九〇メートルほどの貨物船は、船首をタンカーの中央部に向けて突進した。

衝突の数秒前に、ドルース号は鋭い亀裂音を一度発し、操舵室は火の玉を噴きあげた。ポウジイはなす術もなく眼前の光景に驚いて見入り、衝突の衝撃に備えて身構えた。

貨物船は一瞬後に中央部に激突、タンカーの甲板の半ばまで食い込んでから惰性を失った。メイウェザー号船尾の船橋では、乗組員たちは軽い軋みを感じただけだったが、鋼鉄が鋼鉄を切り裂く甲高い不気味な音を耳にした。わずか数メートル先に、ドルース号の船橋の燻っている残骸を彼らは目の当たりにし、その煙を嗅ぎつけた。

警報が鳴り響く中で、ポウジイは二等航海士に乗組員を集めるよう命じた。メイウェザー号は致命的な打撃を受けていた。分断されたに近い状態だった。船長はすでに左舷への強い傾斜を感じ、船橋ウイングへ行って損傷を点検した。

ドルース号はどういう訳か離脱し、グロスポイントへ向かって川を遡上していた。一艘のモーターボートが現れ、貨物船に横づけになった。ポウジイは辛うじて見届けた。ロープ梯子が貨物船の舷側から垂れさがっていて、髪の長い人影が一つそれを伝って水面へ下りて行った。モーターボートはその人間を縄梯子からひったくり、向きを変えて音高く走り去った。貨物船と同様、モーターボートは航行灯を点けぬまま航走して闇の中に紛れこんだ。

ポウジイはメイウェザー号の残骸のほうに振りむいた。川との戦いに敗れつつあった。奇跡的に、彼の船の者は誰一人負傷していなかった。タンカーの数少ない乗組員は船橋背後の基底部に集まり、下りて行って天蓋救命ボートに乗りこんだ。ポウジイは最後に中に納まり、ハッチを閉め脱出用ランプから発進させた。

救命ボートが水面を叩き少しばかり航走した折に、メイウェザー号が大きく傾いた。ポウジイはその光景を目撃し、両手で頭を抱えこんだ。大量のべたつく原油が、タンカーの裂けたタンクからいまやデトロイト川に漏れ出していた——この数年で、おそらく最悪の海洋環境災害だった。

彼の物思いは水面をわたって木霊する、くぐもった鈍く重い物音に打ち破られた。二、三〇〇メートル上流で、ドルース号はプレジャーボートに埋めつくされた小さなマリーナをすでにくぐり抜け、ウインドミル岬公園に乗りあげていた。

ポウジイは悪辣な貨物船を、恐怖と激しい怒りの入り混じった心境で見つめた。その行動をどう説明したものだろう？　唯一の答えは、当の貨物船からではなく、彼自身の傷んだ船からもたらされた。水に埋めつくされた船倉のゴボゴボという抗議の音とともに、メイウェザー号はなぜか姿勢をいったん取りもどし水平になったが、それも束の間、すぐさま川底に向かって沈んでいった。

9

ジェット旅客機はワシントン・ダレス国際空港の東の滑走路に降着、ピットはその騒音で目を覚ました。彼とジョルディーノはサンサルバドルからの早朝便の疲れを振りはらってバッグを回収し、車を走らせてポトマック河畔にあるＮＵＭＡの本部へ向かった。九階にあるピットのオフィスの控室で、彼らはルディ・ガンに出迎えられた。

ピットの次官であるガンは細身だが筋金入りで、角縁の眼鏡を掛け髪を短く刈りこんでいた。海軍中佐だったころと変わりなく背筋を伸ばして、手許の仕事に知的な雰囲気とウィットをもって処理していた。彼は二人がピットの部屋の片隅に投げだしたダッフルバッグに目をとめて首をふった。「あなたたちが持っていったわれわれのプロトタイプ・マルチビーム・ソナー装置が見当たらないが」

「エルサルバドルに置いてきたよ」ジョルディーノが答えた。「一〇〇〇ほどの断片にして」

「あなたたちが友好国の風景を損ねたことは重々けしからぬことだが、そのついでにわれわれの最新の調査装置を破壊せざるを得なかったものだろうか?」

「われわれはまったく関与していないんだ、ルディ」ピットは机の椅子にどさりと座った。

「経理部向きのいい知らせもあるぜ、しかし」ジョルディーノが言った。「われわれがチャーターしたボートを爆破した男は、われわれが船の鍵を返した後で爆破した。さもなければ、われわれはその件でも窮地に立たされただろう」

「国務省はエルサルバドル政府が事件の捜査にFBIの協力を要請している、と示唆している」ガンは知らせた。「彼らはセロン・グランデダムは意図的に爆破されたし、アメリカ農業チームの殺害とも関連があると見なしている」

「そんなことだろうと見当はついていた」ピットは応じた。「問題はなぜか」

「地元の当局は麻薬ギャングが犯人だとの想定にもとづいて捜査を行っている。農業支援チームは麻薬輸送地帯にキャンプを張ってしまったか、あるいは彼らに対する地元の協力者の一人が対立するギャングと繋がっていた可能性もある。しかし私には、それがダムの爆破とどう繋がるのかいま一つはっきりしない」

「どれほどの重要性があるかはともかく」ジョルディーノが発言した。「狂った爆弾野郎と吹管工志望者は地元の人間とは思えない」

「それに」ピットがつけ加えた。「病院のあの偽医者のやり口は手がこんでいる」

「耳にしたところでは、エルサルバドル側はどちらも確定できずにいる」ガンが知らせた。「問題の黒いジープは、サンサルバドル付近の川に沈んでいるのが見つかった。あれは二、三日前に、ある空港のレンタカー場から盗まれた車だった」

「またしても、これは地元の麻薬ギャングにしてはいささかプロがかっている」ピットが言った。「聞いているだろうか、農業科学者のエリーズ・アグイラがどうしているか？」

「あなたが彼女をサンサルバドルへ空送した後に、私は伝手を頼りに彼女を軍用機でアンドルー空軍基地へ移送できた。彼女は陸軍の退役軍人だったので事は楽に運んだ。彼女は昨夜到着しウォルターリード病院に搬入された。最新の報告によると、回復は順調です。病院の職員からの伝言だと、彼女は水のサンプルについて尋ねているとか」

ジョルディーノは自分の片方のバッグを向いた。「貯水湖から採取された。何者かが支援チームを殺害した理由を解く鍵になりそうだ」

ガンは一枚の紙切れをポケットから取りだし、ジョルディーノにわたした。「サンプルを持っているのなら、分析のためにメリーランド大学疫学部のスチーブン・ナカムラ博士に送ってくれ」

「ここでの用件がすんだら急送業者に配送させる。思いのほか、大事件のようだ」

ガンはうなずいた。「君は私の伝言を受け取ったし、たぶん報道されているニュースも見ているだろう。デトロイトの状況は感心できない。われわれは大規模な環境災害を抱えこんでいる」

「それは環境保護局(EPA)の問題では？」ジョルディーノが訊いた。

「大統領は沈んだタンカーの押収(おうしゅう)と引き揚げをNUMAに求めている。それは地元の当局やEPAの能力をはるかに超えている。先遣隊はすでに現地へ送りだしたし、明朝一番でわれわれ三人が向こうへ飛ぶ手配もすんでいる」

「アルと私はその飛行機に乗ろう。君は留まってメディアや政治的な反応に対処するのがベストだ。君にはここのうるさ型たちを手なずけてもらうほうが有難い、そうすればデトロイトのわれわれは、物見高い連中にまとわりつかれずにすむ」

「やりましょう」ガンは答えた。

「流出はどの程度なのだろう？」ジョルディーノが訊いた。

「当初の一連の報告は、一時間当たり数千ガロンの原油をタンカーが漏出していると示唆している」

「地元への影響は？」

「デトロイトの中心部は飲料水を川から引いている。あの都市(まち)は取水を止めて、別の水源を急遽探している。間もなく給水が途切れるだろう。大統領は当然ながら、そうなった場合の政治的な騒動を案じている」

「引き揚げはわれわれで処理できるが、浄化のほうはどうなっているのだろう?」

「EPAが現場にいる。困ったことに、タールサンド原油には粘土、砂、その他さまざまな炭化水素が混じっている。ミディアム、あるいはライト原油より処理が難しい。なぜなら水より重いから。川底と混じると、その沈積物は浚渫しなければならない。しかし現時点では、彼らはどうも汚染された表層の水を吸い上げることに集中しているようだ」

ジョルディーノはゆっくり首をふった。「それで上手くいってくれるといいが」

「つい今しがた、バイオレム・グローバル株式会社のオーナーから、浄化作業に関する質問の電話を受けたのだが」ガンは間を取って、ピットかジョルディーノがその会社のことを聞いているか確かめようとした。

「バイオレム・グローバルなら知っている」ピットが言った。「バイオテクの会社で、産業廃棄物の浄化に使うバクテリアを造っている。その過程は生物学的環境修復と呼ばれており、それが社名になっている。大洋保存協会の後援会社の一つでもある」彼は卓上カレンダーを見つめながら言った。「その会社がたまたま今夜、資金募集の主催者になっている」

「彼らは北海での原油浄化処理では立派な実績を残している」ガンは言った。「この会社は数年前にメキシコ湾で生じた、ディープウォーター原油流出事件(二〇一〇年)の際に呼び出されている。私が聞いたところでは、彼らの製品はそれが適用された海域では、原油を消滅させるのにたいそう効果があったそうだ。オーナーが言うには、あの会社はタールサンド原油の分解に適した製品を持っているとのことだった——それに、それをすぐ配備できるそうだ。しかし、彼らはその製品をアメリカの水域内で野外試験を行う連邦承認をまだ受けていない」

「そうとも、ディープウォーター原油流出事件が発生したのは領海外だった」ピットは思い返して言った。

「私はわれわれの科学者の一人に、送られてきたテスト用のサンプルを目下調べてもらっている」

「その製品はデトロイト川のような限定された地域での環境被害を制約するうえで、決定的な役割をはたせるはずだ」ジョルディーノが発言した。

「同感」ピットが応じた。「あの会社の社長は誰だった、ルディ? 今夜の集いで彼に製品を現地に送ってくれと話してみるのも悪くないかもしれない」

「彼じゃない」ガンが知らせた。「彼女。名前はエバンナ・マキー。彼女はワシントンにいると言っていた。その集いのためにきっとこの地に滞在しているのだろう」

「どんな手が打てるか当たってみる。それはそうと、われわれは大規模な引き揚げ作業を抱えている」

「問題のタンカーの規模はどの程度なのだろう?」ジョルディーノが訊いた。

「メイウェザー号は九〇メートルにあまり、典型的な五大湖タンカーだ」

「この界隈（かいわい）の引き揚げ作業関係者を総動員するほうがいい」ピットが言った。「そして彼らを極力早くデトロイトに送りこむ」

「すでに手配中です」ガンは答えた。

粋な感じのする、髪が淡い黄褐色の女性が郵便物のバランスを取りながら部屋に入ってきた。「激務へ、ようこそお帰り、ボス」ピットの長年にわたる秘書、ゼリー・ポチンスキーが温かみのある笑みを浮かべて言った。

「ありがとう。しかし、もう思いはじめているんだ、中央アメリカに残っているのだったと」

「そして、楽しみを総てルディに委ねるの? あなたのカレンダーを改めて調べてみたら、三時にスタッフミーティング、それにA&D（研究開発）戦略検討会が四時からです。これらを変更しましょうか、デトロイト事件を考慮して?」

「そうとも。どちらも待ってもらうしかない。それに、ローレンのオフィスにメッセージを入れて、私と一緒に大洋保存の集会に出席できるか訊いてもらえないだろうか?」

「承知しました。ワシントンの基金募集の集いにも顔をお出しになるつもりなのですね？」

ピットはいかにも辛そうに首をふって見せた。「そうと決めた訳でもないのだが。どちらのほうに手を焼くことになるか分からないから――灰汁（あく）の強い政治屋さんたちでいっぱいのチャリティーへの出席か、それとも有害な原油流出の清掃か」

「どちらにも危険な任務が伴いますけど、戻ってこられて、あなたは最終的に正しかったと思います」彼女は部屋を出ようと腰を振って向きを変えた。「あなたは中央アメリカに留まっていたほうが楽しかったでしょうが」

10

メイウェザー号引き揚げ作業の当座の調整をすませると、ピットはＮＵＭＡのジープを借りてレーガン・ナショナル空港へ車を走らせた。彼は飛行場の端にあるうち捨てられた感じの格納庫の隣に駐車し、警報を切って建物の中に入っていった。

その荒れ果てた外観は、ピットが目にした内部の光景とはきわめて対照的だった。彼が照明のスイッチを入れると、明るい開けた床には過去の移動手段がびっしりと眩く並んでいた。美しく復元されたプルマン車両が建物の片側の路盤の上に載っており、磨きたてられたアルミ製のフォードの三発機がいっぽうの隅から機首を突きだしていた。珍しいジェット推進のメッサーシュミットＭｅ２６２が、船外モーターを取りつけたバスタブの隣に鎮座していた。すべて過去の功績の記念品だった。しかし、床の大半を埋めているのはピットが収集した、二〇世紀前半のクラシックカーだった。

ピットはバッグを引きずりながら鋼鉄やクローム製の傑作の脇を通りすぎ、ペイントを塗ったばかりのシャシーと整備されたボディパーツの横にちょっと立ちどまった。

ピットは最近ブルガリアで、一九二五年製のイソッタ・フラスキーニの部品を手に入れており、そのイタリア製のクラシックカーの復元に当てる時間をもっと得られないことを胸中で悔やんだ。

彼は螺旋階段をあがって二階の居住区へ向かい、シャワーを浴びて着替えると一階へ下りていった。彼はドアに近い数台の車を見わたし、作業台から鍵の束を取りあげると、洒落たクリームと黄緑色のロードスターに近づいた。

彼は幅の広いハンドルに向かって座り、スターターを何度かひねっているうちにエンジンが作動した。一九三一年製のスタッツDV・32スピードスターのボディは車体設計家ウェイマン特製で、ドアは流線形で低くボートテイルは先細っている。

ピットは車を始動させて外に出ると建物をロックし、空港の敷地を颯爽と横切った。スタッツの動力は一五六馬力の直列八気筒エンジンで、一対のオーバーヘッド・カムシャフトとシリンダーごとの四本のバルブが、ボディの軽い車に強力な走力を与えていた。ピットは難なくジョージ・ワシントン・パークウェイに乗り、ほどなくアーリントン・メモリアル橋をわたってワシントンD・Cに入った。ワシントンモールに見惚れている観光客の横を走り抜けてキャピトルヒルへ向かい、レイバーン・ハウスオフィス・ビルディングの前で車を止めた。

警備員がアイドリングしている車に目をとめて、ピットに移動するように合図したが、建物から出てきた魅力的な女性に退けられてしまった。「いいのよ、オスカー。それに私が今夜乗るのだから」

「了解、婦人下院議員」警備員は帽子の鍔に手を添えた。「素敵な車ですね、なんという車か知りませんが」

頬骨が高く、目は紫色で、ほっそりした身体を体形にぴったりのプラダのドレスに包んだローレン・スミス・ピットは、いまでもコロラド州選出のベテラン議員というよりむしろボーグ誌のモデルで通りそうだった。

彼女が車に駆け寄ると、ピットが抱きしめてキスをした。「寂しかったわ」彼女は夫の耳に囁いた。

結婚して長くはなかったが、交際時代は長かった。どちらも仕事の責務を捌くのは大変だったが、会うための時間を互いにいつも作りだして来たし、二人の情熱はいまも赤々と燃えていた。

彼女はハンドルの前に滑りこむピットに微笑みかけた。「あなたが私の髪を掻き乱す代物に乗って現れることを、前もって知っていればよかったのだけど」

「遠くまで行くわけじゃない。それに君は、風に吹かれてもセクシーだ」

彼はスタッツのギヤを静かに入れ、けたたましい音とともに縁石から離れた。ワシントンモールをほんの数ブロック通過して、ピットはスミソニアン国立自然史博物館の駐車区画に入っていった。腕を組んで、二人は建物のほうへ歩いていった。そこのロビーでは、大規模の集いが催(もよお)されていた。

「なにか知らせがあったの、エルサルバドルの殺人犯たちについて?」彼女は訊いた。

「現地の当局は偶発事件で、地元の麻薬ギャングの縄張り争いだと見なしている」彼は自分の疑心を口に出すのは控えた。

ローレンは首をふった。「下院外交委員会はアメリカの支援協力者に対する襲撃に憤慨し、答えを求めているわ」

「答えのいくつかは私自身で見つけたいものだ。ほかに君のデモクラシーの砦(とりで)では、なにが起こっているのだろう?」

「私たちの環境小委員会の聴聞会は、昨夜のデトロイト事故に乗っ取られてしまった」

「私は明日の朝、あの外交委員会へ出席する。大統領に参加するように求められたので」

「彼がこの数週間で言ったもっとも気の利いたことね。EPAの職員は人を訴えることしか知らない」彼女は身体をすり寄せた。「だけど寂しいわ、こんなに早くあなたに旅立たれるなんて」

彼らは博物館の南側の円形の建物に入っていった。大勢の政治屋や政界の黒幕たちが立って、会話の低いさざめきに囲まれながらカクテルをしきりに飲んでいた。出席者の多くがロビーに飾られている剥製の皺深い大きなオスのゾウに似ていることに、ピットは独りでに気づいた。「なかなかの盛会だ」ピットは片側のバーのほうへ移動しながら言った。一頭の氷のクジラの彫像が、大きなパンチボウルを囲んでいた。

「寄付金で成り立っているのよ、確か。大洋保存協会はなにか実際によいことをしている数少ない非営利団体らしいわ。それも、あなたが感謝してしかるべき分野で。確かな筋から聞いたのだけど、管理者は誰一人として協会から手当をもらっていないそうよ」

「見上げたものだ」とピットは応じた。

彼の妻は大勢のロビイストたちに見つけられ、たちまち取り囲まれてしまった。ピットは取材者たちを撃退しようとしているローレンに微笑みかけ、人を縫ってバーへ向かい、ドン・フリオ・ブランコ・テキーラのオンザロックスを注文した。彼がスモークサーモンの味見をしていると、数分後に彼女が加わった。

「お礼を言うわ、私をサメたちに放りだしてくれて」彼女はシャンパンのグラスをわたすピットに言った。

「ここいらは君の領海だ」彼は笑みを浮かべて言った。「どんな手を使ったものか、彼らはずいぶん早く退散したようだが？」

「言ってやったの、私に飲物にありつかせてくれないのなら、コロンビア特別区からロビイストを全員追い出す新しい法案を提出するって。それと、下院少数党総務の到着を教えてやったの。彼ら蝿のように飛んで行ってしまったわ」

「連中ももう気づいたことだろう、君の魅惑的な外観の下にはれっきとした骨董趣味が潜んでいるってことに」

「彼らの探究の邪魔をしないでね」

ピットは身体つきのがっしりした、櫛で灰色の髪をきっちり撫でつけた男が人をかき分けて近づいてくるのに気づいた。人を食った薄笑いを浮かべていて、その目は絶えず部屋中に向けられていた。

「いま見ちゃまずい」ピットは言った。「大きな白サメが君のほうに向かっている」

ローレンは振り向き、片手を差し出した。「ブラッドショー上院議員、またお目にかかれてなによりです」

スタントン・ブラッドショー上院議員は上院環境・公共事業委員会の議長で、裏取引屋として知られており、肉厚の大きな手でローレンと握手をした。

「調子はいかがですか、婦人下院議員？　今夜のあなたは息を飲むほど美しい」

「快調です、ありがとう。ご存じですよね、私の夫ダークを？」

「ええ、無論」彼は手をピットのほうへ差し出したが、その目はローレンを見つめたままだった。

ピットは食べかけのスモークサーモンをそのままにして握手をした。

上院議員はいまやピットを見つめて微笑みかけた。「あなたは去年ボルチモアで起こったテロ騒動の阻止に携わったのでは？」

「少しばかり」

「それではわれわれはみな、あなたに恩義がある」彼は手を脚に擦りつけると、すぐさまピットに背中を向けた。

「よくご存じでしょう、あなた」上院議員はローレンに話しかけた。「上院はバイオ・クリーンアップ法案を可決したばかりで、それはあなたの下院委員会でこれから取り上げることになる。われわれはあなたがこの政策を全面的に支持してくれるものと信じております」

彼は笑みを浮かべ、口いっぱいに白い歯を覗かせた。ピットはますますサメを連想した。

「私は法案の内容をまだ検討しておりませんので、さし当たり判断は保留ということにさせていただきます」

「その通過はわれわれの党にとって重要な勝利になるはずだ」彼は向きを変えてピットにうなずいた。「あなたのご主人は、勝利がチームにとって重要であることを分かってくれるはずです」

「実のところ、上院議員」ピットは言った。「もしもそのチームがわれわれの大政党の一つなら、むしろ私は錆びついたナイフをその脾臓に突き立ててやりたいところです」

ローレンは笑いだすのをこらえてシャンパンに喉を詰まらせ、ピットを睨みつけた。「では……その法案を公正に評価することをお約束します」彼女は上院議員に言った。

ブラッドショーは顔を一瞬赤らめたが、世慣れた態度を取りもどした。「むろん、そう願います」

「上院議員、あなたはもしやエバンナ・マキーをご存じではありませんか、バイオレム・グローバルのCEOの?」ピットは訊いた。「彼女はこの会の後援者だと思いますが」

「むろん知っています。彼女は親しい友であり、今夜の催しの発起人です」彼は部屋を見回して、後ろの壁際近くに流れるような白いガウン姿の人物に目をとめた。ブラッドショーはローレンの腕を摑んだ。「いらっしゃい、あなたたちお二人を紹介します」

ピットは注ぎ足したテキーラのグラスを手に取ってローレンに加わり、上院議員に従って一人立っている魅力的な年輩の女性のほうへ向かった。彼女は細身で肌が白く、優雅なドレスが金のネックレスから下がっているスカラベによって一段と引き立っていた。プラチナ色の髪が、ほんの兆しの一ないし二本の皺が仇の能面のような顔を包んでいた。彼女の青い目は周囲のあらゆるものを吸いこむような感じを与えた。ピットに対し、その目は冷静さと不信をあらわにした。

「エバンナ・マキー、女性下院議員ローレン・スミスとその夫のダーク・ピット、NUMAのヘッドを紹介させていただきます」とブラッドショーは言った。「エバンナは今夜の集いの雅量に富む発起人です」

「お目にかかれてなによりです、ミズ・マキー」ローレンは腕を伸ばして握手した。「この会を支援してくださり感謝しております。最近、海洋の健全さに関心を払う人が少なすぎるように思えます」

「お役に立てて喜んでおります」マキーは軽いスコットランド訛りで言った。「真相は語られるべきで、その原因はわたしどもの仕事の重要な部分です」

「エバンナはバイオレム・グローバルのヘッドです」ブラッドショーが言った。「彼女たちは海洋汚染防止のために素晴らしい実績を収めている」

マキーの唇はピットと握手を交わす際に引き締まった。「上院議員は、あなたがNUMAのヘッドだと言いましたよね?」

ピットはうなずいた。「気ままな下院のメンバーたちの面倒を見ていない時は」

「つい先ほど、お宅の幹部の一人、ルディ・ガンとデトロイトの悲劇に関して話をしたばかりなんですよ」

「ええ、今夜、あなたとお話をしたいと思っていたんです。ルディが言っていました、あなたの会社は汚染解消に役に立ちそうな製品をお持ちだと」

「私どもの会社は汚染制御のための微生物を開発しています。私たちはメイウェザー号が運んでいたような類の炭化水素を餌にする、独自のバクテリアを持っております。遺憾ながら合衆国内での使用の承認がまだ下りていませんが、ヨーロッパやアジアでは素晴らしい結果が出ています」

「デトロイトの流失事故が人口の密集地帯で起こったので、流失の急速な鎮静が急務となるでしょう」ピットは言った。

「私どもバイオレムの製品は安全にして効果的ですし、私たちは協力態勢にあります。ですが、肝心なのは時間です」

「承認を取りつけるうえで、私でなにかお役に立てることがあれば」

「上院議員が手続きを早めるよう、ずっと力を貸してくださっています」

「お役所仕事の歯車はＥＰＡ関連では回りが遅いが、進捗はしている」ブラッドショーは言った。「デトロイト危機があったので、きっと事は急速に運ぶでしょう。実は、ＥＰＡ長官のデスクに、緊急例外処置要望書を明日の朝一番で提出するつもりです」

マキーはピットを見つめた。「NUMAから支援の一言も、悪くはないわね」

「喜んで協力させてもらいます」とピットは応じた。

「それにはまったく及びません、あなた」ブラッドショーはマキーに言った。「きっとあなたは、明日承認を得られるはずです」

「私はすでに明日の朝までに、散布剤の備蓄を積んだ船が一隻デトロイトに着くように手配ずみです。もしも許可が下りたなら」マキーは訊いた。「私どもは誰に連絡して移送と配布をしたらのよいのかしら？」

「あなたの目の前にいるじゃないですか」ピットは言った。「私は明日の朝デトロイトへ行って、引き揚げ作業に取りかかります。あなたの現場スタッフは私と協力しあえます。上院議員が承認を取りつけてくれるなら。そのうえで、デトロイトの住民のためになにをしてやれるか検討するとしましょう」

「素晴らしいわ。私は明日の朝、現場主任に連絡します。こうしてお目にかかれてとてもよかったわ」

「私も」

「ミズ・マキー、私はあなたに謝らないといけないようです」ローレンが言った。

「あなたは女性統治連盟の会長さんでしょう？」

「ええ、そうです。ちょっと気に入っている計画なんです。私たちはあらゆる分野で指導的な役割をはたしている女性を支援し、優れたネットワークを提供しています。私どもの組織に加わっていただければ、とても誇りに思います。あなたの下院における実績は、世界中の女性に刺激となっています」

「いま気づいたのだけど、去年パリで開かれたお宅の集会の一つで講演をするよう依頼されたのですが、その時私はブルガリアに行っておりました。連絡をさしあげなかったような気がします」

「私どもは常に、私どもの若い会員たちに支援を与えていただくために、業績をあげられた女性を探し求めております。事実、私どもは二週間後に、スコットランドで年次総会を開くことになっています。もしもあなたに出席していただければ嬉しいのですが。空の旅の手配もさせていただきますが。あなたもおいでください、ピットさん。スコットランドのハイランド地方には素晴らしい釣場があるので、私どものため奥様が忙殺されている間、釣りに専念できますわよ」

「私はおそらくまだデトロイトでタンカーを釣っているでしょうが、いずれにせよありがとうございます」

灰色のスーツに身を包んだ恰幅(かっぷく)のいい黒人女性がマキーの横に現れ、彼女の耳許に囁いた。

「申し訳ありませんが、国際電話が入っていますので失礼します。お二人にお目にかかれてなによりです」彼女はローレンのほうを向いた。「スコットランドで会うのを楽しみにしています」

ピットが見つめる中、彼女は颯爽と身についた優雅な足取りで博物館の個室へ向かった。

「美しい女性（ひと）」ローレンが言った。

「ええ、それにすこぶる説得力に富む」上院議員が言った。「あなたは彼女のグループに加わるほうが利口だ。彼女の影響力は大変なものだから」

「そうしようかしら」

ローレンとピットは、基金の議長が舞台に立ち短編映画の紹介をはじめたのを潮に上院議員と別れた。それは汚染された海洋と病める海棲（かいせい）生物にまつわる強烈なフィルムで、世界の大洋保持のために行われている調査関連のニュースが続いた。クレジットが映しだされ、その作品がバイオレム・グローバルの制作であることにピットは気づいた。

チャリティーの役員の何人かと合流してから、ピットは妻を出口のほうへ誘った。

「ところで、あそこひどく窮屈じゃなかった、どう?」ローレンは駐車区画に向かって歩きながらピットの手を握った。

「雰囲気はよくなった、上院議員と離れてから。立派な財団のようだ。それにしっかり支援されているらしい、君の新しいスコットランドの友人によって」

「役員の一人が言っていたけど、彼女の会社は財団にかなりの献金をしているし、いずれ共同出資者になるようよ。きっと良い宣伝になるでしょうけど。アメリカの市場に参入するのには、いろんな手をきっと打たないとならないはずだわ」

「このマキーという女性について、君が知っていることは？」

「ただ、彼女が亡くなったご主人の会社を引き継いだということだけよ。優秀な微生物学者だったらしいけど。それよりも、女性の権利に関する彼女の影響力のほうをよく知っているわ。彼女は女性を暴力と不正から守るための全世界的な法律作りと、女性を政治の指導者に押しあげる運動で活躍している。しかし、女性統治連盟については あまり知らないの。女性のある種の三極委員会で、実力者の女性だらけで、ひどく秘密めいているという噂を耳にしたことはあるけど」

「かりに君がその仲間に加わったとして、私と内密の握手はしないのだろうな」

ローレンは声をたてて笑った。「むろんそうよ」彼女は夫の手を握りしめた。「あなたは信頼できないもの」

「そうとは知らなかった……そうすると、君はスコットランドの旅に乗り気なんだ？」

「下院は一週間後に休会になるの。もしもあなたがまだデトロイトに縛りつけられていたなら、私行こうと思います。それに、もしもあなたのデトロイトでの仕事が片づいたなら……そうね、魚釣りは素晴らしいだろうと思うけど」

彼らはスタッツにたどり着き、駐車区画から走り出て、西へ折れコンスティチューション・アベニューへ出た。珍しく温かい五月の宵で、名残の桜の花の香りが宙に満ちていた。リンカーン記念館の脇を彼らは迂回した。遅い時間だったので、ごくわずかな交通量を縫って、ピットは高速でアーリントン橋を渡った。ようやく日中のお務めから解放されて、ローレンは髪を吹き抜ける風に微笑んだ。

「素敵な夜だ」ピットは声を掛けた。「ドライブを延長しようか？」

「あなたは明日発つのよ。それより私は家で時間を過ごしたいわ、ほかのいろんなことをして」彼女はベンチシートの上で夫にすり寄った。

ピットは軽くうなずき、格納庫のほうへ向きを変えながら、アクセルを優しく床まで踏みこんだ。

11

　メイウェザー号の白く四角いブロックハウスは、道路脇の安ホテルのように川面から突き出ていた。ピットはデトロイト川の水がその建物に殺到し、その背後で渦を描いて砕けるのを目の当たりにした。船殻（せんかく）は水中に隠れていたが、川が浅いために船の背が高い船橋を呑みこめずにいた。

「俺たち、減圧のために水中に留まらずにすみそうだ」ジョルディーノが言った。彼はデトロイト・ハーバーヒル・マリーナで一緒に選んだ小型モーターボートを操縦していた。そのボートで沈んでいるタンカーの船尾を回り、川の東側に繋留している大型作業用艀（はしけ）のほうへ向かった。

「チャートによれば、この川のこの区画の最大水深はわずか九メートルだ」ピットは知らせた。「潮流を除けば、条件はあまり悪くなさそうだ」

「いずれわれわれを射程内に捉える、国会議事堂がくりだす銃殺隊がやってくる前に、こいつはさっさと片づけるに限る」

「いつから政治屋の口出しを気にするようになったのだね？」

「俺の年金基金を見て、あと二〇年働かないとボラボラ島でのんびり引退暮らしができないと分かってからさ」

ジョルディーノはモーターボートを艀に寄せた。艀は上流に繋留中の空のタンカーのすぐそばに停泊していた。髭面でクマなみに大きく、ＮＵＭＡのボールキャップをかぶった男が、モーターボートの繋留索を縛りつけ、艀に乗りこむ二人に手を貸した。

「キャンプ・マウイへようこそ」マイケル・クルーズが声を掛けた。彼はＮＵＭＡの海洋技術者でサルベージを専門にしており、先遣隊を率いていた。

「キャンプ・マウイ？」ジョルディーノが訊いた。

「われらが小さな楽園の島。二隻の大きく醜い難破船に挟まれてはいるが」

ジョルディーノは艀の風雨に痛めつけられた小屋やグリースの染みついたデッキを眺めた。「俺の思い描く楽園とはいささか異なる」

「急な話だったので、これで精一杯さ」クルーズは声をたてて笑いながら応じた。しわがれ声の技術者は濃い髭の下にいつも笑みを湛えていたし、その目は明るく輝いていた。「さあ、グランドツアーにお連れします」

クルーズは二人をそれぞれの部屋へ案内し、そのうえで三人はにわかごしらえの会議室に集まった。損壊したタンカーの水中写真が周りの壁に並んでいて、船の大きな手書きの図が一枚そえてあった。クルーズはテーブルに載っているデトロイト川の航行用海図を指さした。それには難破船が二隻記されていた。

「メイウェザー号は満載のタールサンド原油をサンダーベイから搬送中で、深夜直後にベル島に接近中だった。ドルース号は、全長九〇メートルのバラ積み貨物船で、上流を高速で航行中に急に横へ向きを変えてタンカーの中央部に激突。メイウェザー号はたちまち沈没したが、ドルース号はどういう訳か離脱して川をさかのぼりグロスポイントで座礁した」

「われわれはここに着く前にあの船を一巡りした」ピットが話した。「数隻の引き船が、あの船を曳行する態勢にあるようだった」

「その通りです。あの船はグロス島沖の市営ドックへ向かっている。あそこで、あの船はＦＢＩに勾留されることになっています」

「なぜＦＢＩが絡んでいるのだろう？」ジョルディーノが訊いた。「俺が見たニュースは、事故と言っていたが」

クルーズは首をふった。「あれは事故ではない。ドルース号の船長と乗組員数人は船橋の爆発で死亡し、その直後に衝突が発生している」

「われわれは外部が焼け焦げているのを目撃した」ピットが知らせた。

「死体公示所と法医学関係者たちは、一晩がかりで乗組員の死体を運び出していた。

記者たちはまだそれを嗅ぎつけていない。当局は捜査が軌道に乗るまで、事件を伏せておこうと画策している」

「かりにテロの仕業なら」ピットが言った。「その影響はすこぶる強烈だ。だれか容疑者は？」

「それは聞いていません。私はその方面のことには疎いので。ここで戦うだけで手いっぱいですし」

「どうなんだろう、われわれが直面するメイウェザー号の状態だが」

「あの船はいまも原形を保っています——辛うじてですが。ドルース号は六〇度の角度であの船に食いこみ、メロンのように切り裂いた」

「漏水がひどいのだろう？」

クルーズはうなずいた。「水面ではあまり目立たないが。ROVのカメラは水面下の深みで、激しい水煙を捉えている」

ピットは上流のほうを向いた。「あの空のタンカーだが。あの船は損傷していない収納隔室の中身を移動させる準備が整っているのだろうか？」

「ええ。その点、われわれはついています。あのタンカーはたまたまタンクがまったく空の状態で、ヒューロン湖を航行中だった。メイウェザー号の船主たちはかなりの金で、あのタンカーをチャーターした。彼らは船荷の大半を回収することに望みをかけています」

「収納隔室のいくつかが空になったら、われわれの回収作業はそれだけ楽になる」ピットはジョルディーノのほうを向いた。「そろそろ下の様子を拝見するとしようか？」

「いつになったら声がかかるのかと思っていたぜ」

クルーズは二人を潜水小屋に案内した。そこで三人とも化学防護ドライスーツを着こみ、スキューバダイビングの用具を整えた。彼らは艀の末端にある潜水台に集まり用具を身につけた。潜水の準備をしている彼らに、乗組員の一人が電動水中スクーターを一台ずつ手わたした。

「俺は誰かに拾ってもらって、この艀に戻ってこないですむよう願っていたのだが」とジョルディーノが言った。

「それがないと、ヒューロン湖で一巻の終わりになりますよ」クルーズは笑いを浮かべて言った。

ピットはフェイスマスクの上のヘッドランプの位置を正し、そのスイッチを入れた。

「船首の下流からはじめて川をさかのぼろう」彼はエア調整器のマウスをくわえ、台の端から飛びだした。

五月のデトロイト川の水はきりっと引き締まっていてピットは身震いが出たが、やがて体熱でドライスーツのエアポケットが暖まった。北極の氷河の清冽さには及ばないにしろ、ピットが予期していた以上に川は澄んでいて、視界はほぼ六メートルあった。

スクーターのスロットルをひねりローに入れて前方に向け、下へ引かれるに任せているうちに川底が現れた。視覚参照フレームから潮流が五・五キロ程度だと見てとれた。

彼が近づいてくるクルーズとジョルディーノのヘッドライトを視認したうえで川底を過ぎっていくと、タンカーの聳（そび）え立つ塊が姿を現した。黒い船殻は水平に着底していて、白い満水喫水線は水中数メートルに沈んでいた。ピットは潮目なりに漂いながら船首部の鋼板の横をすり抜け、丸まった船首の先端に達した。

ジョルディーノとクルーズを従えて、彼は上流のドルース号がタンカーと衝突した場所へ向かった。ピットは折れ曲がった内部に沿って泳ぎながら、切り裂かれたナマコ板収蔵タンクを覗きこんだ。水は暗さを増した。隔室の夥（おびただ）しい裂け目から黒い原油が逆巻きながら流れだしていた。主甲板に上ると、あと三メートルで貨物船がタンカーを分断しかねなかったことが見てとれた。

ピットはスクーターの出力をあげて沈船の回りをフルスピンしてから、水面に浮上して艀へ向かった。潜水台に軽やかに近づくと、柔らかい女性の一対の手が差しのべられスクーターを取りあげてくれたので、彼は台に上ることができた。

台に上がったピットは、赤毛で身体にぴったりのジャンプスーツ姿の女性と顔を合わせた。彼女は自信ありげな物腰で立って、不機嫌な表情を浮かべていた。「あなたたちは泳ぎ終わったのですから、私がこの石油流出事故に取り組んでもよいのでしょうね？」

ピットはフェイスマスクを脱ぎ、相手の高飛車さに苦笑を浮かべた。女は彼の目を覗きこみながら、スクーターを手間取りながら甲板に下ろした。彼女がスクーターを回収している傍らで、ピットは潜水タンクとウェイトベルトを外し身体を起こすと彼女と握手した。

「ええ、われわれの調査は終わりました。それに、手を貸してくれてありがとう。ダーク・ピットです」

「オードリー・マキー。バイオレム・グローバルの現場主任です。艀の責任者から聞いたのですが、あなたはメイウェザー号の調査をしているとか」

「マキー？　あなたはエバンナ・マキーの娘さんでしょう。昨夜、あなたの母上にお目にかかったばかりです」

オードリーは彼をうさん臭そうに見つめた。「母ならワシントンに居りますけど」と彼女は応じた。

「われわれは今朝飛んで来たばかりなんです」

ジョルディーノとクルーズが浮上して艀に乗りこんだので、ピットはみんなを紹介した。

「腹をすかせたバクテリアの入った大きな袋を、あなたが持ってきてくれていたらよいのだが」ジョルディーノが言った。

オードリーはカナダ側の沿岸に繋留している一隻の小型貨物船を指さした。大きなステンレス製のタンク二つが前部デッキに見えていた。

「私たちはタールサンド原油用の生物学的環境修復剤をたっぷりストックしていますし、すぐ配備できる態勢にあります」

「生きているバクテリアですか?」クルーズが訊いた。

「独占権を有する数種類の微生物です。具体的には、炭化水素分子を餌にしているのですが」

「危険ではないのですか、海棲生物に?」

「まったくありません」彼女は答えた。「海の動物たちにまったく無害です――それに海洋環境にも。あなたの胃の中に住んでいる、有益なバクテリアのようなものです」

「なにか知らせがありましたか」ピットが訊いた。「それをアメリカの領海で使用する許可について?」

「特別免除が今朝、ＥＰＡによって署名されました。私たちはいまやデトロイト川で作業をする許可を得ています」

「それはいいニュースだ」ジョルディーノが言った。「その代物をどのように散布するんです？」

「ホースをタンカーの破断された部分へ伸ばし、真水と共にゆっくり修復剤を撒きます。微生物は原油に取りついて分解し、最終的には汚染を代謝します。残念ながら、潮流のために汚染を完全に封じこめることは不可能でしょう。ですが、流出個所を限定できるなら、原油の多くを効率よく処置できます」

「そうした個所なら、われわれにはかなり見当がついています」ピットはクルーズのほうを向いた。「マイク、どれくらいで回収用タンカーは出動できる？」

「損傷していない収納区画の吸引はこの午後には開始できます。船尾部からはじめます。たぶん二日は掛かるでしょう、ぜんぶ回収するには。班を三つに分け、四六時中、出動できる態勢にあります」

ピットはオードリーのほうに向きなおった。「どうやらあなたの腹をすかせた虫たちに、ひどく長い間お世話にならずにすみそうです」

「原油による河川の汚染には、あなたと同様に私もお目に掛かりたくありません」彼女はメイウェザー号の沈んでいる船首のほうを指さした。「私たちはすぐ下流に設営して、散布を間近な汚染区域に向けてはじめます」

「どうやら計画がまとまったようだ」ピットは言った。

「この艀のあなたとは連絡が取れるのでしょうね?」オードリーが訊いた。

「アルと私はあまり船上にいませんので、マイクと調整してもらうのがいちばんいい」

クルーズは訝しげにピットを見た。「あなたはわれわれの豪華な川艀から、作業を指揮するのではないのですか?」

ピットはメイウェザー号の露出しているブロックハウスを見つめた。

「いや」彼は首をふりながら言った。「アルと私はこの川の中で時間を過ごすことになる。あの大きくて醜い代物を分断するために」

12

水中切断用トーチは真昼の太陽さながらに明るく燃えた。大きな吸引装置を取りつけられた船殻に身体を押しつけて固定しながら、ピットはトーチをメイウェザー号の厚さ一・三センチほどの鋼鉄製の外殻に走らせた。一〇メートルほど先の船殻の内側では、ジョルディーノが同じく切断作業に取り組み、内側の薄手の船殻を切り裂いていた。水上からのエアの支援抜きなので、彼らはほぼ二日休みなしで沈んだタンカーの分断に取り組んだ。

ピットは川底にひざまずいて沈泥まで切断していき、反対側からの水平な切り口に達した。フェイスプレート越しに、艀の制御班を呼び出してトーチへの酸素の供給と電気を切ってもらった。トーチの先端の火が消えたので、ピットはフェイスプレートのアイシールドを上げた。

自分の仕事に満足すると、発熱トーチのコードを巻き取り、外殻沿いに泳いで上って装置をデッキに下ろした。こんどは反対側から潜水して、開けた内部へ入っていった。側面からジョルディーノに近づいていくと、相棒は内側の船殻を切断し終わったところだった。

トーチを消しながら、彼はピットを見てうなずいた。「これで二つに別れるはずだ」彼は水中通信装置越しに囀るように言った。「もしも三つにしたいなら、新しい腕が一組欲しい」

「これ以上焼き切ろうにも、ミシガン州には切断用ロッドが十分残っていなさそうだ」とピットは応じた。「ビールを一杯やろうや」

彼らが水面に浮上すると、支援要員たちが動力ケーブルで二人を引き揚げ、艀に連れもどした。

クルーズはデッキに上がり、潜水ヘルメットを脱ぐ二人を出迎えた。「うん、たいそうな解体作業だ。切断作業はどんな調子です?」

「パンの生地も同然さ」ジョルディーノが言った。

「終わったんですか?」

ピットはうなずいた。「われわれは内側と外側の船殻を両方とも、きれいに切り裂いた」

クルーズは首をふった。「それは手早いことだ。私はあと一日は掛かるだろうと思っていました」

ピットはドライスーツのジッパーを外し手すりに近づいた。沈んだタンカー周辺の光景は混雑を極めていて、さまざまな発動機の騒音がそれに輪をかけていた。メイウェザー号はいろいろな作業船に周りを取り囲まれていて、艀と回収用タンカーは左右に分かれていた。バイオレム社の貨物船は南側に繋留していた。ホースが後者の二隻の船の舷側から下ろされていて、沈船に接近中だった。

ピットは上流に目を向け、現場へ現れた新顔の登場者を見つめた。大きな起重艀が切断されたタンカーを引き揚げる態勢で待機していた。

「原油回収の状況はどうだ？」ピットは訊いた。

「船尾の部分はほとんど空です」クルーズは知らせた。「前部もはじめられます、船尾部が持ちあげられたら」

「君の準備ができしだい、起重艀に来てもらえ」ピットは命じた。

「そうします。その間に、私の班の者たちに揚陸用ケーブルをセットさせます。朝までに、引き揚げる準備ができるはずです」

「われわれの引き揚げ計画を、バイオレムに知らせておいたほうがいい。彼らは船尾部の洗浄完了までに、ホースを引っ張っておきたいだろうから」

「私からオードリーに知らせます。川下の監視ステーションからの報告では、検知された川の原油量の減少を示唆しています。彼らの小さな虫たちがきっと働いているのでしょう」

「それはいい」ピットは沈船を観察した。「うまくいけば、両方の部分を明日の夜までに川底から離せるだろう」

クルーズはうなずいて同意した。「思いのほか早く、マウイにおさらばできそうだ」

翌日の朝の三時までに、起重艀がメイウェザー号の横に陣取り、起重ケーブルが固定された。夜明けに、ピットは引き揚げ開始を命じた。ケーブルは張りつめ、メイウェザー号の船尾部が十分高く引き揚げられると、陸軍工兵隊の平床艀がその下に滑りこんだ。すると、一対のタグボートが艀をその重い荷物もろとも引いてデトロイト川を下り、待機しているクリーブランドの海洋サルベージ場へ向かった。

「半分完了」ピットは満足げに言った。

「船首部はもっと早くすむはずです、原油を吸引する隔室が少ないから」とクルーズが発言した。

疲れてはいたが、作業員たちは残骸の前半分に、休むことなく神経を集中した。回収用タンカーはメイウェザー号の船首沿いに位置を変え、クルーズがパイプを接近させる監督に当たった。そのいっぽう、ピットとジョルディーノは船首部を引き揚げるケーブルを取りつけた。川下では、バイオレム社の貨物船上の何台かの発動機がうなっていて、オードリーが微生物を送りこむ新しいホースを配置し終えたことを伝えていた。

黄昏時(たそがれどき)に、ピットは現状分析会議を招集し、グロスポイントのあるレストランから運ばれてきたリブのバーベキューとビールを囲んだ。

「回収用タンカーは全力で稼働しています」クルーズが報告した。「最後の収納タンクが真夜中までに空になるはずです」

「その時刻には、陸軍工兵隊のつぎの艀が到着する予定だ」ピットが知らせた。「われわれは第二班と交替して少し眠ろう。深夜にまた集まって、夜明け前に引き揚げ準備ができるかどうか確認しようじゃないか」彼はオードリーのほうを向いた。「生物学的環境修復剤の備蓄は保ちそうですか?」

「手持ちが十分ありますので、あと一日か二日はだいじょうぶです」彼女は欠伸(あくび)をかみ殺しながら答えた。

クルーズはうなずきながら最後のリブを片づけた。「眠りたいところだがちょいと調べに潜って、しっかり汲(く)みだしているか確かめようと思います」

「アルと一緒に行ったらどうだ?」ピットは言った。「夜中に一人で、この潮流に潜るのはあまり感心しない」

「それには及びません。あなたたちが枕に頭を載せるか載せないうちに潜って出てきます」クルーズはいつものように笑みを浮かべて言った。「深夜に、みなさんにお目にかかります」

数分後に、クルーズはエアタンクを摑み、身体をすぼめてドライスーツに収まり、すぐ舷側から水中に滑りこんだ。水中スクーターのヘッドランプのスイッチを入れ、すぐそばにあるメイウェザー号の船首へ向かった。最上デッキのすぐ上を移動しながら速度を落として、濁った水越しに観察しようとした。パイプや作業用通路の迷路がタンカーのデッキを錯綜しているので、彼は上下したり迂回したりしなくてはならなかった。

岸寄りの舷側の近くで、彼は停止した。水面からうねりながら太くて白いホースが下がっていた。それは吸引パイプに繫がっていて、パイプはメイウェザー号の収納タンクの一つへ伸びていた。それを通して、濃厚なタールサンド原油が回収用タンカーに吸いこまれつつあった。一台のROVがデッキに停まっていて、搭載カメラをホースに向けてタンカーの作業員たちにライブの映像を送っていた。漏出がないことを確認し、クルーズはカメラに一つ手を振り、向きを変えて前方へ移動した。

赤いリボンが残りの二つのバルブに結びつけられていて、空にすべきタンクが二つだけ残っていることを伝えていた。原油回収の工程はまさに予定通り進んでいた。

クルーズはデッキを過ぎって鋸歯状に分断された中央部へ引きかえし、川底へ下りて行って露出している一連のタンクの引き裂かれた側面を調べた。彼はバイオレム社の一対の黄色いホースの所で躊躇（ちゅうちょ）した。ホースの間隔は二メートルほどで、裂けて漏出しているタンクの端に固定されていた。

クルーズは手前のホースにじわじわと近づき、筒口で手を振ってみた。放出する微生物の流れを予期しながら。なにも感じられなかった。二番目のホースへ移動した。それもやはり作動していなかった。その二本のホースをたどって川底を進んで行くと、船の前部沿いに蛇行していた。船首の前方六メートルほどで、二本のホースは突然途切れていた。

クルーズは口を開けている両方のホースを調べ、岩で二本とも川底に押さえるとスクーターを水面へ向けた。

バイオレム社の貨物船の黒い輪郭が頭上にぼんやりと見えた。たぶん作業員は散布パイプを取り換え中なのだろう。つぎにクルーズは、細い二本の線がその船から出ていて、後方へ伸びているのに気づいた。彼はスクーターのスロットルを切って潮まかせに漂っているうちに、その線が黒い二本のホースだと見分けがついた。その二本は海底に向かっていたものの、メイウェザー号の反対のほうへ伸びていた。

クルーズはスクーターを起動して二本のホースをたどっていった。六〇メートルほど下流で、ホースは岩棚を這いずり、コンクリートにはめこまれた幅の広い金属製の格子で終わっていた。ホースのいずれのノズルも格子に取りつけられてあって、その前で手を振ってみると液体が勢いよく放出されているのが感じ取れた。

なにか訳があるはずだ。クルーズにはその見当がつかなかった。廃棄物の放出だろうか？　艀に戻ったら、オードリーに無線を入れよう。

スクーターのスロットルを潮流に負けないように強めると、上流に向きを変えてホースをたどっていった。

彼がバイオレム社の船に近づいていくと、小さな明かりが二つ水中に現れた。接近していくにつれ、ダイバー二人が三メートルほどの間隔を置いて同じようなスクーターで自分のほうへ来るのが見てとれた。クルーズが速度を落とすと、彼らは左右から近づいてきた。気づくのが遅れたが、彼らは二人の間になにかを引っ張っていた。

それはある種の網で、クルーズはその真ん中へ向かって突進していた。スクーターを頭上に振りあげてするりと上昇しようとしたが、ダイバーたちがすでに彼の後ろに回りこんでいた。一人が腕を伸ばしてクルーズの手からスクーターを叩き落とし、もう一人はクルーズ背後の網にプラスチックの締め具を押しこみそれを固く締めた。

クルーズの心中で怒りが燃えあがり、網を蹴り破ろうとした。いっぽうの腕が自由になったので、腕を伸ばして片方のダイバーを鷲づかみにした。

彼を引き寄せようとしている最中に、クルーズは首筋に冷たい刃を打ちつけられるのを感じた——そして口いっぱいに水を飲みこんだ。もう一人のダイバーは背後からクルーズのエアホースを切り、彼を川底のほうへ引っ張っていった。

クルーズは最初の男の喉に手を伸ばした。彼は二本の腕に対して一本しか使えず、相手は身体をひねって逃れてしまった。

怒りはパニックに変じた。息をしようとする焦燥があらゆる感覚に優り、彼は身体を振りほどこうと戦った。ダイバー二人はいまや彼の後ろにいて、力ずくで彼を顔から先に川底に押しこめようとしていた。

泥の中に突きこめられながらも、クルーズは自由になろうと全身の力をふり絞って戦った。だが、なんの役にも立たなかった。息が切れ川底に押さえつけられ、彼は川の水を口いっぱい飲みこみ、黒い沈泥の帳（とばり）に囲まれて死に直面した。

13

「マイクが行方不明だ」

その言葉は腹部に受けたパンチさながらにピットに突き刺さった。

「何時から？」彼は寝床から身体を起こし、眠気を振りはらいながら訊いた。

「彼は一時間前に艀を離れた」ジョルディーノは知らせた。「デッキの当直は、彼が一〇分前に行方不明になったと報告している。彼はタンクを携帯して潜ったが、通信装置は備えていない。回収タンカーの搭載ビデオは、ほぼ二〇分前に彼を目撃したと報告している」

「エアを小出しに使っているのだろうが、手すきのダイバーはみんな潜らせろ。さあ、はじめるぞ！」

「俺は甲板員に補給船をメイウェザー号の外れに配置させる。万一に備えて」

　ジョルディーノが命令を電話で伝える傍らで、ピットはＮＵＭＡの別のダイバー四人を集めて探索計画を練った。数分後に、彼はダイバーたちの先頭に立って川に潜入した。

北寄りの雨嵐のせいでセントクレア湖に流れこむ雨水が増しており、夜の川の水は薄暗く濁っていた。ピットは点灯したスクーターを飛ばしてメイウェザー号の上部デッキを横切った。回収用ホースの周りを調べ終わると、分断された船体のずんぐりとした側面沿いに下りて行った。鋸歯状に切り裂かれた隔室の列を順に丹念に探りながら振り向くと、一筋の光が目に射しこんだ。

小柄な女性ダイバーの姿が現れた。オードリー・マキーは当惑気な表情で彼を見つめ、自分の背後の川底を指さし首をふった。ピットが自分の照明を下に向けると、砂地の川底と対照的に黒い物が目にとまった。潜水用脚鰭の片方だった。

ピットはオードリーの脇を通りすぎ、スクーターの灯りをつぎの隔室の中に当てた。それは引き裂かれた収納タンクで、その中央を鋸歯状の亀裂が走っていた。その内部に溜まっている水は澄んでいて、ピットの照明は中に閉じこめられている青いウェットスーツ姿の死体を照らし出した。

オードリーが自分の照明を添える間に、ピットは身体をすぼめてタンクの中に入りこみ、泳いでいってクルーズと対面した。NUMAの技師の瞬きせぬ目がピットを射抜いた。クルーズの浮力調整器のストラップがねじれた鋼鉄の断片に引っかかって死人を固定していた。彼のエア調整器はだらりと胸に垂れさがっていた。ピットはそれと潜水コンソールがまっさらに見える点に着目した。

ピットはクルーズをそのままにして、収納タンクをスクーターの灯りで調べた。やがて彼は身を細めて外に出て、オードリーの待っている場所へ向かった。新しい一対の光が濁った水を切り裂き、NUMAの探索ダイバー二人が現れた。ピットは問題の収納タンクのほうを指さし、そのうえで自分は浮上することを示唆した。オードリーは彼に倣って浮上し艀へ向かった。

ジョルディーノは潜水台に立って潜水服を着こんでいた。手を貸してオードリーを水中から引き揚げると、艀に乗りこんでいるピットのほうを向いた。ジョルディーノにはよい知らせでないことが分かった。「彼が見つかったんだ?」

「破断されたタンクの一つで。彼がその内部を調べている時に、彼の装置がなにか断片に引っかかったようだ。解けなくて、エアが底をついてしまった」

オードリーは首をふった。「なんて恐ろしい」

「どうしてそんなことに?」ジョルディーノは言った。「マイクは経験豊富なのに」

ピットはうなずいた。

「あそこはかなり狭い感じだった」オードリーが言った。「尖(とが)った金属がたくさん突き出ていたし。彼は沈泥を蹴りあげてしまい、視界を失ったのかもしれない。洞窟(どうくつ)潜水をしたことがあるので分かるけど、簡単に方向感覚を失ってしまう」

「彼は疲れてもいた」ジョルディーノが言った。「われわれと同様に」

ピットはデッキを見つめた。クルーズは優秀なダイバーだった。優秀すぎた。

「作業を中止して引き揚げ、当局者に来てもらう」彼はオードリーのほうを向いた。

「ぜひお宅のダイバーたちにも、一人で作業をさせないように」

「なんとも痛ましいことで」彼女はピットとジョルディーノをハグし、膨張式ボートに乗り自分の船へ戻っていった。

ほぼ一時間後に、ウェイン郡シェリフ海洋隊がクルーズを遺体袋に収めて水上に運び川岸へ移送した。安全点検のために半日遅れで、新たに到着した揚陸艀が沈船の横に陣取り、メイウェザー号の船首部が引き揚げられた。それは船尾部に引き続き、平底艀に乗せられてクリーブランドへ向かい、残っていた船舶はその一帯から立ち去った。オードリーはピットに無線を入れ、バイオレム社の貨物船がオンタリオ湖へ向かうことを知らせ、彼とジョルディーノの幸運を祈った。

「一時間もすると、タグボートが一隻到着して俺たちの艀を岸まで引いていってくれる」ジョルディーノは知らせた。「さもなければ、いますぐテンダーボートに飛び乗れるが。ルディが俺たちのために、三時間後に離陸する夕方の便に予約してくれてある」

ピットは首をふった。この二日の疲れがその顔に現れていたが、眼差しはいまなお決然としていた。引き揚げ作業は誰の予想より早く完了したのだが、達成感はまったくなかった。ピットの胸中にあるのはただ一つ、クルーズを失ったことだった。

彼は潜水用具を改めて整えた。「最後に現場を一目見たい」ピットは川を見つめ潜水台へ向かった。

「俺は残る用具が収納されているか確かめることにする」ジョルディーノは声を掛けた。昔からの友人が同行を求めていないことを彼は感じ取っていた。

ピットはスクーターを伴って水中に入り川底へ向かい、それから上流を目指した。メイウェザー号の船尾部が着底していた川底の平らな個所にたどり着くと、潮流に川下へ押し流されながら前後に行き来しはじめた。視界がわずかながらよくなっていたので、川底から一・五メートルほどの高さでホバリングすることができた。

彼は船首部が着底していた場所の上を通りすぎ、川下へ向かって移動し続けた。これといった特色のない川底を見つめながら、投げ捨てられたタイヤやビールの空き缶その他のがらくたの上を漂っているうちに、彼の心に迷いが生じた。数分後に、彼は上流へ向きを変え、潮流に負けぬようスクーターを加速した。

艀のほうへ針路を変えようとしかけたが、彼はスロットルを切った。明るい色のある物体に注意を引かれたのだ。それは打ち捨てられた、よくあるただのがらくたではなかった。それはなじみのある品物で、しかもごく最近失われたものだった。ピットは一息入れてから、その代物を砂地から引き抜き艀へ向かった。

14

　ブラッドショー上院議員は窓越しにワシントン記念塔を眺めやり、迫りくる黄昏の中、その頂で点滅している赤い航空障害灯を見つめた。ウィラード・コンチネンタルホテルのトーマス・ジェファーソン・スイートからのナショナル・モールとその先に林立する記念建造物の眺めは、感動的だと認めざるをえなかった。アイスバーボンを一口すると、彼はスイートの見晴らし窓に背を向けて主人のほうに振り返った。

　エバンナ・マキーは赤いソファーに座って、表紙に公印のある綴じられた報告書に目を通していた。「これが委員会の承認した法案なのですね？」

「そうです、環境・公共事業委員会の。この先、下院が修正案を提出した時点で下院と協議しなければなりませんが」

「あなたの影響力を頼りにしていますわ、その際の」

「私にできることはするつもりです」とブラッドショーは応じた。「下院議員スミスは、昨日の宵にあなたは彼女に会っているが、提案されているこの法案の小委員会の委員長です。まずいことに、彼女は一筋縄ではいかない。しかし、法案は調子を抑えて書かれている。細かい活字の奥深くにしか、あなたの生物学的環境修復剤をアメリカの水域で無制限に使用するドアを開くための文言は見つかりっこない。そのことをあなたは求めているわけだ」

「それに、それ故にあなたは求めているものにありつける。もっと詳しく話してくださいな、この下院議員のことを」

「ローレン・スミス――あるいはスミス・ピットでいまは通っているが――コロラド州選出の議員を長年務めている。彼女は下院の環境、河川、発電、海洋に関する小委員会の議長を務めているし、外交委員会にも連なっている。立法関連の知識では多くの人に一目置かれている――それに、強い倫理観と非党派性で。復員軍人手当と女性の権利促進のための注目をひく数種の法案を起草してもいる。遺憾ながら、彼女は議会にはよくある裏取引に応じることでは知られていない」

「なるほど」マキーは言った。「さらにいくらか働きかける必要がありそうね。私がじかに彼女に電話をして、スコットランドでの私の会議にまた招待します。壺(つぼ)をえた揺さぶりをかけたら、重要な仲間になってもらえるかもしれないわ」彼女は報告書をコーヒーテーブルに置いた。「感謝します、デトロイト事故の際に環境保護局(EPA)に圧力を掛けて認可を取りつけてくださって。ドバイ銀行のあなたの口座に、なにほどか振りこまれるようにいたします」

ブラッドショーはバーボンを飲み干すと、マキーに頭をさげた――高齢に加えて太り過ぎで、足元の覚束ない上院議員にしてはせいぜい優美に。「ありがとう、マキー夫人。いつものことながら、あなたとの仕事は楽しい」

「レイチェルがあなたを外まで案内いたします」

チャリティーの宵に見かけた大柄な女性が居間に入ってきて、彼にうなずいて見せた。上院議員はその肩幅の広い女性に従ってドアへ向かった。

数秒後に、オードリー・マキーが裏手の寝室から入ってきた。彼女は一時間前にデトロイトから着いて、シャワーを浴びてさっぱりしブラウスとスラックスに身を包んでいた。「よくもまあ、あんなブタと取引することに我慢ができるわね？」彼女は訊いた。

「なぜなら彼は、金のためならなんでもやるから。金のために魂を売る連中を雇うほうが私好みなの、そして私の指示通りにさせることが」

「でも、彼がブタであることに変わりはないわ」

「男はみんなそうよ。中には私たちの目的に役立つ者もいる、梃子や操り人形として。彼の協力で、私たち間もなくアメリカ全域で活動できるようになるのよ」

オードリーはうなずいた。「私たちはすでに世界の主な都市に浸透しつつある。ニユーヨークとロサンゼルスがこれに加われば最高ね」

マキーは二冊目のバインダーを開き、一枚の地図を検討した。地球上の主な港湾都市に焦点が当てられており、さまざまな符号がその一つ一つに添えられていた。彼女は視線を地図から娘へ転じた。

「ムンバイにはなにを配備したの？」

「私たちの二番目の混合液、ＥＰ‐２ミックスの最後のストックよ」オードリーは答えた。「あれが船で送りだされた時点で、私たちはまだ副作用が最小限に留まることを期待していた。しかし、エルサルバドルで思い知らされたように、そうはいかなかった」

マキーはうなずいた。「そうね、最初の混合液に本来の属性が残っていることが分かっていたので、私たちはＥＰ‐２のテストをその違いに誰も気づきそうにない場所、ケニヤ、タンザニア、ナイジェリアで行った。パーキンズ博士は数か月前に二番目の混合液の配置をはじめた時、無害だという期待を私たちに抱かせた。いまや私たちは、彼が間違っていたことを知っている」

「でも運がいいわ、いらない疑いを掛けられなかったのだから。ＥＰ‐２を散布した第三世界のほかの国々での死者については、なんの注目も受けずにすんだもの」

「まだ露見する恐れはある」マキーは娘に鋭い視線を向けながら言った。「それに、厳しい分析に曝されるのは西部に配置した分よ」

「確かに。だけど、リスクの様相は新しい散布とともに変わったわ。第三混合液、EP-3の配備では何事も生じなかった」

「デトロイトからは好ましくない報告はないの?」

「なにひとつ」オードリーは答えた。「あの製品は検出が不可能なことが証明されつつある。注目されずに散布を加速できるわ。ただ一つ遅れているのは生産の増大で、原料に限りがあるためなの」

「追加の原料のサンプルはほどなく手に入りそうよ」

マキーは立ちあがり、暮れなずむスカイラインを見つめた。「私たちは勝利の瞬間の間際にいるのよ。ほんの数週間後に、私たちの手の及ばない大規模な都市は無くなるはずよ。全地球の転換期が、その後ほどなく展開する」

「総てを、解毒剤を造ろうと試みる人が現れる前に。あなたがやってのけたのよ、お母さん。人類の様相を永遠に変えてしまうんだわ」

「そうよ」彼女は柔らかく言った。「一世代内に、私たちはこの地球の人口を逆転させる」マキーはその思いに一瞬耽った。固い鎧が緩み、彼女は思わず笑いをもらした。

「さあ、聞かせてちょうだい、デトロイトの進捗状態はどうなの?」

「私たちは原油流出への対応からはじめ、EP-3をタンカーの残骸が取りはらわれてから散布しました。残骸が予想以上に早く引き揚げられ、デトロイト市が再び川の水を引きはじめてから、私たちが実際に散布できたのは一日あまりです。一つ些細なことだけど問題があります。こちらの水中カメラの一つが、NUMAのあるダイバーが私たちの船の下にある散布ホースを調べているところを捉えた」

「彼はなにか目撃したのかしら？」

「彼には誰にも知らせるチャンスはなかった。私たち、彼が誰か人に話す前に処分してしまったから」

「あなたはいっさい疑いをもたれないように処置したのね？」

彼女はうなずいた。「事故に見えるようにしたので。幸いなことに、あれが起こったのは作業の終わり近くだった」

「あなたは明日、私と一緒にスコットランドへ戻るのがいちばんよさそうだわ」彼女は間を置いた。「だけど、私たちは、もう一つけりのついていない問題を抱えている。上院議員から聞いたのだけど、エルサルバドルから戻ってきたアメリカの支援科学者がここワシントンにいるそうよ。彼女の名前はエリーズ・アグイラ」

「私は彼女をエルサルバドルで消そうとしたのだけど」

マキーは娘を厳しい眼差しで見つめた。「あなたがエルサルバドルで行った工作は失敗だった」

「私たちはちょうどEP‐2配備の後処理中だった」オードリーは言った。「アメリカの科学者たちのチームがあそこで水のテストをしているなんて、知らなかったのよ。危険は冒さないにかぎると私たちは考えたのです」

「危険を冒す？　彼らは農家に協力していた農業チームよ。あなたは国際的な事件を引き起こしてしまった」

「彼らが水のサンプルを採ったことは分かっている――少なくともあの女は採取しました」

「かりに彼女がほかの者たちと一緒に死んでいたなら、少なくとも今こうして心配しないですんだろうに」

「あの……そのことに関して、断っておきたいことがあるんです」オードリーは切り出した。「アグイラという女をセロン・グランデで助けた男は、メイウェザー号を引き揚げたNUMAの男と同一人物なんです」

「彼がセロン・グランデにいたの？　それ確かなの？」

オードリーはうなずいた。「彼の名前はダーク・ピット。NUMAの長官よ」

「ええ。私はピットに今回の集いで会いました。彼はあなたに気づいているの？」

「いいえ」

「では、気に病むことはないわ」

「聞いたところでは、彼は大変なやり手のようよ」

「私は彼の妻を必要としそうだけど、彼には用はない」マキーは向きを変えてワシントンの街灯りに見入った。「今この国に二名配置して、アグイラの処置に当たらせています。もしもピットが干渉などしたら、それこそ彼の不運というものです」

15

いつものことで、ルディ・ガンはＮＵＭＡの本部に朝着くと、机の上に文書の束が待っていた。だが普段と異なり、その日はとびきり大きな文鎮が待ちかまえていた。それは、青緑色でＮＵＭＡと記された、まだ使用したての黄色い潜水スクーターで、彼の机の中央に鎮座していた。その周りには、エア調整器が巻きついていた。ガンはその代物を子細に眺め終わると、それを廊下伝いにピットの角部屋へ運んでいった。

「品質保証関連の問題ですか？」彼はスクーターを置き腰を下ろした。

ピットはデトロイトから送られてきたある保安官の報告書を検討中だった。「それはマイク・クルーズのだ」

ガンはうなずいたが、それがなぜ最終的に自分の机の上に載せられたのか依然としてはっきりしなかった。彼はピットの説明を待った。

「それをデトロイト川の河底で私が見つけたんだ。マイクの死体から約六〇メートル離れた地点で」

「彼がハンドルから手を離した隙に、スクーターが彼抜きで推進したのでは」

「いや、この装置はスロットルに圧力を掛ける必要がある。さもないと、止まってしまう」

「ではおそらく川が運んでいったのだろう。あなたたちが強い潮流の中で作業していたことは分かっている」

「マイクはあの船のほぼ真ん中にいた。それも、竜骨に近い場所に。問題のスクーターは彼の位置から真横に一五メートル移動し、九〇度方向転換し、それから下流へ向かわねばならないはずだ。水中の潮目の中では奇妙なことがいろいろ起こることは承知しているが、私はこんなことは信じられない」

「で、なにを言いたいのです?」

「私が思うに、マイクは殺されたのだ」

ガンはその言葉について考えた。彼の生真面目な青い目は瞬き一つしなかった。

「私はそのデトロイト保安官事務所の暫定的な調査結果を読んだばかりだ」彼はピットが両手で持っている報告書に向かってうなずいた。「彼らは事故による溺死と見なし、検死解剖の結果待ちとしている」

「マイクは経験豊富だから、それはありえない」

「方向感覚喪失とパニックは、すこぶる年季の入ったダイバーだって襲いかねない」

とガンは言った。「夜間だったし、潮目は強く視界は悪かった。一人きりのダイバーには、危険な条件がそろっていた。それに、疲労が重なっていた」

おそらくガンのいう通りだろう、とピットは思ったし、それが胸に突き刺さった。クルーズに一人で潜水させるべきではなかったのだ、彼の経験に関係なく。ピットは彼の死に罪の意識を感じたし、そのために自分の判断力が曇らぬことを願った。

「彼は浅い水深にいた。かりに潜水タンクが絡まったとしても、それを捨て脚を蹴って水面へ向かえたはずだ。それなのに、そうした形跡すらない。彼のスクーターの位置以外にも、彼の調整器の件もある」

ガンはそれを点検した。「傷んではなさそうだ。それどころか、まっさらな感じがする」

「新しすぎる。それに、それはわれわれのプロジェクトで携行しているものと造りが違う」

「何者かが彼の調整器をすり替えたのだろうか？」

「たぶん」

ガンは調整器をちらっと見て、視線をピットへもどした。「もしも彼が殺されたのなら、なぜ死体を沈船の中に残したのだろう？　連中が彼を下流へ漂い流れるままにすれば、見つからずにすんだかもしれないのに」

「事故に見せかけるためか、または下流を捜査している者たちの意欲をそぐため」

「それは動機の説明になりうるが、だがやってのけたのは何者なのか？」

　ピットは首をふった。「それは大きな謎だ。あの現場で作業をしていた全船の船長に当たってみた。誰一人として、マイクが潜った時刻に見知らぬ船が接近するのを目撃していない。しかし、なにぶんにも夜の遅い時間だった」

「となると残るは」ガンが言った。「起用された船に乗っていた限定されたダイバーに絞られる」

「十一名。私が割りだせた限りでは。艀に乗りこんでいたNUMAのダイバーは、アルと私を含めて六名、バイオレム社の貨物船のダイバーは三人、それに引き揚げ用艀と回収タンカーに補助ダイバーが各一名。われわれのダイバーはマイクが潜っている間ずっと船上にいた。ほかのいずれの船も同様の報告をしている」

「すると、誰かが嘘を言っているか、真実事故だったことになる。しかし、いずれにせよ、証明するのは難しい」

　ピットはガンをじっと見つめた。「君にバイオレム・グローバルに関して、できる限りあらゆることについて調べてほしいのだが」

「予感？」

「たとえ予感にすぎなくても。彼らだけだから、メイウェザー号の下流にいたのは」

「お任せを。それに、デトロイトから送られてくる検死解剖の所見をモニターします」

ガンが立ち去ろうとしていると、ゼリー・ポチンスキーが首を突きだして部屋を覗きこんだ。「すいません、お二人のお邪魔をしまして。ですが、予定にないお客様が外にお見えです。エリーズ・アグイラという方と会う時間がおありでしょうか？」

「むろん」ピットは答えた。「彼女をすぐ案内してくれたまえ」

彼は戸口で彼女を出迎え、親しみのこもったハグを受けた。エリー・タハリー（パレスチナのファッションデザイナー）作のビジネススーツに身を包み、黒い巻き毛をきちっと抑えてポニーテイルに結んでいる彼女は、ピットがエルサルバドルで救い出した水浸しの科学者とはまるで別人の感があった。

「やあ、これはなんとも嬉しい驚きだ」ピットは言った。それから彼女をガンに紹介し、座るよう勧めた。「こんなに早くお目にかかれたことにまず驚いているのですが。すっかりお元気になっているのにも驚きました」

エリーズは顔を赤らめた。「かなり元気になった感じです。ウォルターリード陸軍病院での二日間のおかげで、直りが早まりました。これとはあと何週間か、離れられなさそうですけど」彼女は左腕をあげて、柔らかいギプスを見せた。「先生たちが請け合ってくれました、新品同様によくなると」

「それは素晴らしい」ピットは言った。

「新聞でデトロイトにおけるあなたの引き揚げ作業について読んだので、このビルに戻っているだろうと思ったのです。私の命を救うためにあなたがしてくださったことに、お礼を申しあげたかったものですから」

「申しわけない、あなたのお仲間を救ってあげることができなくて」

「私がこちらに立ち寄った一半の理由なのですが」彼女は言った。「私の殺された友人たちのために、来週、地元で追悼会が予定されています。もしも、あなたとジョルディーノさんにお出でいただければ嬉しいのですが」

「喜んで出席します」

「ダークから聞きましたが、あなたは泳いでダムを越えたとか」ガンが話しかけた。

「一つ伺いますが、あなたは採取したあの貯水湖の水のサンプルに、なにか関心があったのですか？」

エリーズは微笑んだ。「それがこちらをお訪ねした第三の理由です。ジョルディーノさんがあのサンプルを、メリーランド大学のスチーブン・ナカムラ博士に送ってくださいました。博士はあそこの環境医学部の疫学の教授で、私たちの機関の重要な研究コンサルタントなのです。博士は今朝私にメモをくださり、サンプルの一つを試験してとある妙なことを見つけたと知らせてくれました」

「それはなんです？」ガンは訊いた。

「詳しくは述べてありません。その件について検討するために来るように勧めているだけです」

「重要な問題だとお考えですか？」

彼女はうなずいた。「博士は言っています、残るサンプルの一つはアトランタの疾病管理センターへ、残りはイギリスのある研究機関へ送るつもりだと。そのことから、あの水にはなにか変わったものが、たぶん、私たちのキャンプを襲撃させる切っ掛けとなったなにかが含まれていることが類推されます」彼女はピットのほうに向きなおった。「私と一緒にカレッジパーク市へ参りませんか？　あなたにはあのサンプルを救うために力になっていただいたので、サンプルになにが含まれているのかお知りになりたいのではと思ったものですから」

「もしもあの水になにかが含まれていて、そのせいでダムが破壊され、あなたたちが襲われたのなら」ピットは言った。「それなら、その理由を知りたい」彼はエリーズのギプスに目を向けた。「そのうえ、この町で片腕運転した日には、ウォルターリード病院へ逆戻りしかねない」彼は机の奥から立ちあがった。「ルディ、店番をよろしく」

ピットは地下の車庫からＮＵＭＡのジープを借りだし、市街を過ぎってメリーランド州カレッジパーク市の郊外へ向かった。メリーランド大学のキャンパスには赤レンガのジョージア王朝風のさまざまな建物が、一万三〇〇〇エーカーのきっちりと刈りこまれた芝地に点在していた。エリーズは彼をキャンパスの北側へ案内し、彼らは一段と現代的な公衆衛生学部ビルの近くに車を停めた。

「ナカムラ博士はこの地下にある研究室の隣に部屋を持っています」エリーズはそう言いながらピットを案内して、ロビーの外れにある階段を下りた。彼らは授業中に着いたので、廊下は静かだった。地下に下りて行く二人は、階段をのぼってくる身形のよい男女とすれ違った。一人は分厚い旅行カバンを引きずり、もう一人はＦｅｄＥｘの箱を二つ抱えていた。エリーズは挨拶をしたが二人は彼女を無視し、行き過ぎながら冷ややかにピットを見つめた。

エリーズは先に立って長い廊下を進んでいき、研究室を三つ通りすぎた。どの部屋にも、環境医学疫学研究室——入室禁止と記されてあった。廊下の行き止まりで、エリーズはある部屋の前で立ちどまり取手をひねった。ドアは施錠されていた。彼女は二度ノックした。応答はなかった。

「変ね」彼女は後ろに下がって、ドアの隣の名札を確かめた。スチーブン・ナカムラ博士と明記されていた。「隣の部屋にいるのでしょう」

彼女が電話を取りだして博士を呼び出そうとしていると、用務員が廊下の反対側の部屋から出てきて、彼らのほうを向いた。「そこに入りたいのですか？　教授は齢のせいで耳が遠くなってきましたので」彼はキーカードを選びだしてドアの錠を開けた。

「ありがとう」エリーズは言った。

「どういたしまして。今日初めてではないんです」

エリーズはドアを引いて開け、中に入った。ピットは後から従い、自動開閉ドアが背後でひとりでにしまった。部屋は細長く本棚が両側に並んでいた。小さな丸い会議用テーブルが部屋の中央に挟まっていて、教授の書類の散らばった机がいちばん奥にあった。その机の脇のドアは隣の研究室に繫がっていた。

ナカムラは彼らに背中を向けて机に座っていて、受話器を挟んだ耳のほうに頭をかしげていた。ピットとエリーズは近づいていき、エリーズが囁きかけた。「もしもし、ナカムラ博士？」

彼女は手を振って博士の注意を引こうとした。彼はやはり反応しなかった。彼女はさらに近づこうとした。ピットは彼女の腕を押さえて引きもどした。

「なんなの？」彼女は訊いた。

ピットは答えなかった。しかし、エリーズは彼が自分を引き止めた理由（わけ）を聞きつけた。受話器から騒々しい音が流れ出ていて、受話器が外れていることを伝えていた。

ピットはエリーズの横をすり抜けて、ナカムラをよく見られる場所へ移動した。科学者は身動きしなかったし、その訳をピットは見てとった。彼の顔は青白く目は見開いたままで、赤いくっきりとした銃弾痕が蟀谷(こめかみ)をえぐっていた。

16

エリーズはピットが止めるのを無視して、ナカムラの傷を自分で確かめた。彼女は悲鳴をあげた。

ピットは彼女を落ち着かせようとしながらあたりを見わたした。教授の足許に近いファイルキャビネットの抽斗(ひきだし)が一つ開いていて、ファイルが失われ隙間ができていた。それに彼の足許には、なんのラベルもない封をされたボール紙の箱が一つ置かれてあった。机の回りには書類が散らばっていた。コンピューターの電気コードがコンセントから垂れさがっていたが、ラップトップはどこにも見当たらなかった。プラスチック製のアウトボックスがＦｅｄＥｘの二枚の受領書に載っていたし、車のキーの束にカードキーが一枚取りつけられてあるのを彼は見てとった。ピットは教授に視線をもどした。弾痕から滴り落ちた血はまだ湿っていた。彼は死んでまだあまり間がなかった。

「彼のためにわれわれがしてやれることはなにもない」ピットはエリーズを机から引

きずって離した。「警察に電話をしに行こう」

彼は凍りついた。部屋の反対側で、鈍い弾ける音が二度した。ドアの錠の破片が部屋に落ちて床を転がった。ピットがエリーズをファイルキャビネットの背後に押しこんだ瞬間にドアが蹴り開けられ、二人が階段の吹き抜けですれ違った女が踏みこんできた。髪は短く目は黒く、消音装置つきの黒いピストルを携えていた。ピットのほうを見ると、ピストルを持ちあげて発砲した。

ピットは身体を投げだしてナカムラの机を跳びこえた。銃弾が唸りながら横を飛び去った。彼は腕を伸ばして壁面の照明のスイッチを切った。部屋が暗くなったので、彼は飛び起きて教授の机をまさぐった。鍵の束が見つかった。その下になっている書類も。それからピットは手探りで、隣り合っている研究室のドアへ向かった。

二度、部屋のずっと奥で銃口が煌めき、弾丸が机の背後の壁に喰いこんだ。ピットは腕を伸ばしてエリーズを探しあて、自分のほうに引き寄せた。彼がカードキーをかざしたとたんに、錠が発したカチッという音が聞こえたので、側面の研究室のドアを引いて開き、彼女を押して通り抜けさせた。部屋の向こうの外れでは、例の女が別の照明スイッチを見つけ点灯した。彼女はピットがエリーズの後から隣の研究室に入りこみ、ドアが勢いよく閉めるのをほんの一瞬だが目撃した。

研究室に学生はいなかったが、コンピューター、顕微鏡、冷蔵庫、さらにはハイテク装置の列に埋めつくされていた。エリーズは慄(おのの)きを振りはらって立てこんでいる数台の作業台の脇を駆け抜け、研究室の奥へ――そして出口へ向かった。

　ピットは数台コンピューターが載っている棚をドアの前へ引きずって行き、部屋の照明を消した。エリーズの後を追って研究室の真ん中まで行った時、また銃声が二度した。ドアがほんの少し開き、コンピューターの棚に激しくぶつかった。例の女はもう一度ドアを押した。コンピューターの一台が床に転げ落ちた。

　出口までたどり着く間がなさそうだったので、ピットはエリーズを一台の作業台の背後に押しこんだ。彼女の横へ飛びこもうとしたが、弾みで滑っていって小さな冷蔵庫にぶつかってしまった。殺し屋がコンピューターの棚に突き当たっている隙に、ピットは武器になるものを探した。近くにそれらしいものが見つからなかったので、彼は冷蔵庫を開けた。中にはソーダの缶がいくつか、腐りやすい食べ物の小さな包みが数個、それにアルコールの一ガロン瓶が一本入っていた。缶やアルコールを摑むと、エリーズのほうを向いた。「加熱プレートのスイッチを入れてくれ。あなたの頭の上にある」

　彼女は作業台の電気ホットプレートに手を伸ばし、ダイアルを強に回した。それと同時に、ピットは通路へ這いでて、アルコールの瓶の蓋をひねって開けた。その瓶を横にして中身を送りだしてやる。瓶は通路を転がっていき中身がこぼれ出た。瓶は音をたてて反対側の壁に当たった。まさにその時、女の殺し屋はコンピューターの棚を横に除けて研究室に入ろうとしていた。

「身体を低くしたまま、裏のドアから出るんだ」ピットは囁いた。

彼は長椅子からペーパータオルのロールを拾いあげ、その片方の端を赤熱のプレートにかざした。また一発銃声が弾け、片隅の作業台の小さな欠片が、彼の手の隣で砕け散った。物音から、女が近づいてくるのが分かった。折よく紙に火がついた。それをこぼれたアルコールに当てると点火したので、ピットは燃えあがっている紙のロールを侵入者のほうへひょいと投げだした。

床のアルコールは引火して低い炎を発して研究室を過ぎって瓶に達し、瓶は小さな炎に包まれて燃えあがった。件の女は飛んでくるペーパータオルを躱し、さらには周りの火を踏みつけるのに忙殺されていた。

ピットはエリーズのほうを向いた。「行け！」

彼はホットプレートをプラスチック製の実験用トレーに載せ、頭をひょいと上げてソーダの缶を二つ投げた。最初の缶は外れたが、二番目のは女の側頭部に命中した。ピットはその機に乗じて出口のほうに近づき、つぎの作業台に身を投げだしモニター用コンピューターを床へ蹴とばした。

その騒ぎに紛れて、エリーズはドアに駆け寄り廊下に飛びだして行った。武装をした女は体勢を立て直し、ピットに向けてまた一発撃った。

ホットプレートでプラスチックのトレーが溶け、研究室が濃い黒い煙に埋めつくされだした。ピットはその煙幕を利用して次の作業台沿いに這いずっていき、頭上のガラス製のビーカーを一抱え分つかみ取り、発砲者の方向に投げ飛ばした。一本は侵入者の隣の壁に当たって砕け、一瞬、女の動きは止まった。燻(くすぶ)り続けるトレーのせいでついに火災報知器が作動し、警報が建物中に鳴り響いた。女は凍りついた。

ピットはつぎに生じる状況を見抜いていた。それが彼の脱出する最後のチャンスになるはずだった。彼は這いずって作業台の端まで行き、三メートル足らず先の出口を覗き見た。そのドアのすぐ奥には、実験器具であふれんばかりのカートが一台置かれてあった。

最後のビーカーを掴むと闇雲に女のほうへ投げだし、さらに数秒時間を稼ごうとした。予期以上に手間取ったが、ついに燃え盛っているプラスチックの容器が効果を発揮した。突然、シューという音とともに天井の防火スプリンクラーが作動し、水が激しく降り注いで部屋を水浸しにした。

ピットはドアを目指して猛然と走り、その脇を通りすぎて器具のカートへ向かった。そのカートの後ろに屈みこむと、それを手早く通路へ押しだしドアノブに手を伸ばした。

殺し屋は流れ落ちる水越しに目を凝らして三発撃ったが、彼女のほうへ台車に載って転がっていくカートにすべて吸い取られた。

ピットはドアを押し明けて廊下に飛びだした。彼は一歩踏み出しただけで立ちどまってしまった。

エリーズは二メートルほど前方に立っていた。彼女の顎は高くあげられ、彼女の黒い瞳はピットに訴えかけていた。彼女は話しかけようとした。しかし、彼女の唇から音は発せられなかった。彼女の首には襲撃者の腕が巻きつけられ、喉が強く締めあげられていた。

17

ピットはほんの一瞬で状況を読みきった。鳴り響く火災報知器と点滅する赤色灯を無視して、エリーズを締めあげている男に彼は神経を集中した。その男は先ほど箱を二つ運んでいた奴だった。二つともいまは床に、分厚いスーツケースと並んで置かれてあった。細身だが逞しく、髪は短く髭は刈りこんであって、眼差しは冷たかった。彼は武器を持っていなかった。

「彼女に手出しするな」とピットは声を掛け、箱二つを拾いあげようとした。

襲撃者はつぶやいた。「断わる」彼はエリーズへの締めつけをゆるめ、ピットより先に箱をさらおうとした。

ピットは相手の動きを予期していた。彼は相手に飛びかかり左拳で強烈なアッパーカットを顎にまともに叩きこんだ。

男の頭は後に弾かれ膝は揺れた。いぜんとして箱を抱えこんでいたが、エリーズに掛けていた手を放し床に倒れこんだ。

ピットはエリーズを摑んで廊下を突き進んだ。火災警報に学生や職員たちが慌ただしく右往左往し、ちょっとした人の群れが階段の踊り場に押し寄せていた。ピットはエリーズを引っ張りながら人だかりを縫っていった。階段にたどり着いたところで、彼が後ろを振り返って見ると、例の武装した女が研究室から飛びだしてきた――そして気を失っている仲間と大勢の人間を目の当たりにして、ピストルをホルスターに収めた。ピットはエリーズを前へ押しだし、慌ただしく階段を上っていった。

もっと大勢の人間が一階に集まっていた。ピットとエリーズは人の群れに倣って戸外に出ると東へ向かった。二人はくぐもった爆発音を聞きつけ躊躇した。地下室で生じたように思えたのだ。少数の学生のグループに従って通りを進んでから、彼らは畜産場の敷地に入っていき、ヤギだらけの小屋に潜りこんだ。

ピットは尾行されていないか確かめてから、近くの駐車場にある自分のジープへエリーズを誘(いざな)った。車に着くと、彼は二度電話をした。まず構内警察へ、ナカムラ博士の殺害事件を知らせ、犯人たちの特徴を伝えた。つぎに、ＮＵＭＡ本部のガンに手短に連絡した。

ジープを発車させながら、彼はエリーズのほうを向いた。

「だいじょうぶ?」

彼女は自信なさげにうなずいた。

ピットは構内のフットボール場を迂回する道を選び、背後の車に注意を怠らなかった。誰もつけていないと得心すると、州間高速道路に乗りバージニア州へ向かった。

「スチーブンが死んだなんて信じられないわ」エリーズは言った。「なぜなの、あの人を殺すなんて――それに、私たちを殺そうとするなんて？」

「いずれ、さっきの爆発は彼の部屋で起こったものだと分かるはずだ」ピットは言った。「教授の机の隣にあった、あの封のされた箱だと思う。だから、彼らは戻ってきた。彼らは恐れたのだ、われわれが気づき起爆しないようにしたのではないかと」

「だけど、何故なの？　スチーブンがなにをしたの？」

ピットは高速道路の乱暴な運転手たちに注意を怠らなかった。「きっと水のサンプルが絡んでいるはずだ。あの二人は似たような顔と雰囲気をしているし、どうにも私には、男のほうはアルと私をスチトトで殺そうとした男のように思える。ＦｅｄＥｘの二つの箱には残りのサンプルが入っていたようだ。彼らがナカムラ博士のラップトップ・コンピューターを攫（さら）っていったのは、おそらく彼のテストの結果を手に入れるためだろう」

「なにがそんなに重要なのかしら、水のサンプルが？」

ピットは首をふった。「私には分からない。彼らが何者であれ、あなたの後を追っていたようだ」

　エリーズの身体が震えた。「恐ろしい人たち。これで満足してほしいわ、それが彼らの狙いだったのなら」

「ナカムラ博士は貯水湖のサンプルをぜんぶ持っていたの？」

「そうです」

「では、サンプルを再生する手段はないのだろうか？」

「ダムが破壊されてしまったので、汚染された水は押し流されてしまったでしょうね」彼女は側面の窓から外を見つめた。二人はちょうどポトマック川に沿って走っていた。「頼めば、貯水湖から追加のサンプルを採取してもらえますが。それには二、三週間かかるでしょう。原因の物質がまだ活性なら、分析結果を再現するチャンスはあります」

　彼女はちょっと考えこんだ。「待って！　私たちの衣服。あなたが湖で着ていた衣服、洗濯してしまいました？」

　ピットはうなずいた。

「私のは病院で捨てられました。だけど、靴は違う」彼女はバージニア州アーリントン出口を指さした。「私のアパート脇へ連れて行ってもらえないかしら？　湖水の中に入っていった時、トレイル・ランナーを履いていたんですが、あれは吸収力が強いはずです。残留物あるいはバクテリアが材質に付着していて確認できるかもしれません。試してみたいのですが」

ピットは微笑んだ。「あなたのジム・シューズのほうが私のよりよさそうだ……行く先を教えてください」

彼はエリーズの指示に従ってアーリントン墓地に近い庭つきの赤煉瓦のアパートへ向かい、彼女の部屋までついて行った。「宿泊の用具を少し詰めこんでおいたほうがいい」彼は居間で待ちながら言った。彼女は数分後に小さなスーツケースを持って戻ってきた。それに、釈然としない顔をして。

「靴は見つかった?」ピットはスーツケースを受けとり、ジープへ運んでいきながら訊いた。

「中に仕舞ってあります」彼女は気がかりな様子でピットを見つめた。「誰かが私のアパートに入りこんだようです。確かなことは言えませんが。いくつか物の位置が変わっているんです。私の思い過ごしかしら?」

「ありえる。しかし、あなたの直感のほうが的を射ているようだ。だからわれわれはあなたをどこか安全な場所へ移すつもりです」

NUMAの本部に着き、二人がピットの部屋へ行くと、ガンがFBIのある捜査官と話をしていた。

「あなたたち二人はどうも、もめ事を呼ぶようだ」ガンが言った。彼は二人を捜査官に紹介した。肩幅の広い男で、ロスという名前だった。

「捜査の期間中、私がみなさんとの連絡係を務めます」ロスは言った。「こちらの若いご婦人が必要な間ずっと留まれる安全なタウンハウスを、ジョージタウンにもう手配ずみです」

「ありがとうございます」エリーズは答えた。「誰かがすでに私のアパートに潜入したようです。ご存じでしょうか、メリーランド大学構内警察がナカムラ博士の部屋に侵入した二名を逮捕したかどうか？」

「いいえ、まだ連絡がありません」ロスは答えた。「爆発の後、公衆衛生学部のビル周辺は大変な混乱だったので。構内の監視ビデオがお役に立つはずです」

彼はピットのほうを向いた。「爆発はナカムラ博士の部屋で起こった。あなたはあそこで彼を見つけたのですか？」

「そうです」ピットは答えた。「爆発を事故と見せかけて、彼の殺害の隠ぺいを図ったのでしょう。われわれはたまたま、間の悪い時に迷いこんだわけです」

ロスは小さな音声録音装置をセットした。「なにがあったのか、まだ記憶に新しいうちに話を聞かせてもらえますか？　詳しい供述も、ご都合のよろしい時にお願いします」

ピットとエリーズは大学での出来事をかいつまんで話した。しかし、エリーズは間もなく黙りこみ椅子に沈みこんでしまった。ロスは録音機を止めた。「あなたをこれから隠れ家にお連れしましょうか？」

「お願いします。その前に一つ」彼女はスーツケースを開け、靴の入った袋をピットにわたした。「それをスーザン・モンゴメリーに送っていただけませんか、アトランタの疾病管理予防センター（CDC）の環境衛生研究所の所長です」

「お任せください。彼女ですか、ナカムラが問題の水のサンプルを送るつもりでいた科学者は？」

　エリーズはうなずいた。

「それなら彼女のアドレスは持っていると思います」彼はエリーズをハグした。「少し身体を休めるように」

「ありがとう、ダーク」彼女の目は疲れのために濡れているようだった。

　ガンとピットは二人をエレベーターまで案内し、ピットの部屋へ戻った。

「かわいそうに、すっかり参ってしまっている」ガンが言った。

「彼女はセロン・グランデ事件がワシントンまで尾を引くとは思ってもいなかった。私もそうだが」

「明らかに、何者かが例の水のサンプルが分析されるのを望んでおらず、それを阻止するために殺しすら厭（いと）わないのだ」

「二つの国で。われわれは有力な動機を掴んだと思う。少なくとも、エルサルバドルでの農業支援隊殺害の動機は」

「なんです、その袋の中身は？」

「靴だよ、エリーズがあの湖で履いていた。彼女は靴がなにかをもたらしてくれることに望みを託している」

「見事な読みだ。ところで、あの科学者の住所をどうしてあなたは知っているのだろう？」

ピットはポケットに手を入れて、ナカムラの机からひったくってきたＦｅｄＥｘの伝票を二枚取りだした。上の伝票はスーザン・モンゴメリー博士宛だった。彼は伝票を二枚ともガンにわたした。「ナカムラは水のサンプルを二人の科学者に送るつもりでいた。一人はＣＤＣ、一人はイギリスのある研究所に所属」

「伝票には電話番号が載っている」ガンは壁に掛かっている船舶用クロノメーターにちらっと目を向けた。「イギリスは遅すぎる。アトランタなら家に居そうだ」

ピットがその番号にダイヤルすると、モンゴメリー博士が二度目の呼び出しで電話に応答した。ピットは彼女と数分話をして電話を切った。

「彼女はナカムラが送るサンプルについてはなにも知らない。彼らはいつもそれぞれに実験するためにサンプルを交換していた。もっぱらウイルスケースで。彼女は博士の死にショックを受けていた」

「二人が話し合っていなかったとはついていていない」ガンはＦｅｄＥｘの二枚目の伝票を見つめ眉にしわを寄せた。「マイルズ・パーキンズ博士、インバネス研究所」彼は声に出して読んだ。

「彼を知っているのか？」

「彼ではなく、インバネス研究所を。今日早くに、そこの名前に出くわしたんだ。彼らは生物工学の研究に携わっている」

「それがなにか引っかかるのかね？」

「それ自体にはなにも。経営者が共通しているだけで」ガンは伝票をピットに返しながら目をすぼめた。

「ちょっと待った……」ピットは言った。「スコットランドの有名な会社の系列下にある団体か？」

ガンはうなずいた。「それだよ。バイオレム・グローバル株式会社が全面的に所有する下部組織さ」

第二部　アマルナ

18

マンジート・ダットは家のドアを開ける前から、すでに妻のすすり泣く声を聞きつけていた。インドのムンバイ市ダラブイ・スラム街の一部屋の借家に入っていくと、妻が床に座りこんで幼い子どもを腕に抱いてあやしていた。

「どうしたんだ、プラチマ？」

彼女が顔をあげると、頬には涙が宿っていた。「この子なの。一日中ずっと、ひどく加減が悪いの」

ダットは子どもの様子を確かめた。あとわずかで二歳になるその男の子は熱っぽく、母親の腕の中でぐったりしていた。円らな目は鈍く落ち着きがなかった。ダットは息子の額に触れ、腕を摑んでみると肌は固く張っていた。

「これじゃ、息子を診療所へ連れて行かなくちゃまずい」

彼はムンバイ市の路上で自動人力車を運転して暮らしを立てていたので疲れていたが、手を貸して妻を立ちあがらせ、子どもを自分の腕の中に受けとった。彼らはブリキ屋根の家を出て、ゴミだらけで夥しい悪臭が漂っているぬかるんだ通りをとぼとぼと歩いていった。ダラブイのむさ苦しい区域を数ブロック通りすぎて、彼らは小さな診療所に着いた。ガラスのドアを通り抜けた彼らは、玄関が人で立てこんでいるので驚いた。

ダットは人ごみの中に近所の者を見かけた。ほぼ全員が赤ん坊か幼児を抱えていた。彼は人をかき分けて狭い受付のカウンターへ向かった。

「家の息子が……」

「待ってください」カウンターの奥の年配の女性が遮った。彼女は待合室のほうに向かって手を振った。「みんな病人なんです」

ダットは受診用紙に署名し、足を引きずって妻の許へ戻ると、彼女は開いている場所を見つけて床に座りこんだ。一時間近く待っていると白衣の若い女性が一人カウンターの奥から出てきて、待合室の患者たちの診察をはじめた。「診察室にはもう余裕がありません」彼女は告げた。「いまの場所に居てください。私のほうから出向きますから」

彼女がダット一家に達するころには、待合室は人で溢れんばかりになっていた。女医は彼らの息子の脈を計ると助手に声を掛けた。静脈注射用の点滴袋が持ってこられると、女医はカテーテルを男の子の腕に刺した。「これを持っていてください」女医は袋をダットにわたしながら指示をした。

「うちの子は……治るでしょうか？」ダットは訊いた。

「ええ、そう思います。よかったわ、彼をいま連れてきて。薬が間もなく底をついてしまいそうなの」

「コレラですか？　水には気をつけているんですが」

女医はうなずいた。「用心していてもこの際、効果はなかったでしょう。この都市（まち）全体が汚染されてしまったようです。バンドラ（ボンベイ市の住宅街）までも。それに、いつもより死者が多い」彼女は目を背後の緑のショールの女性に向け、そそくさと次の患者のほうへ移動した。

ダットは点滴の袋を高くかざしながら、床に妻と一緒に腰を下ろした。息子の恢復（かいふく）の兆しを見守りながら、彼はショールの女にちらっと視線を走らせた。

彼女は部屋の向かい側の床に座って、ひとり呟きながら抱いている幼子を揺すっていた。ダットは赤ん坊を少し見ているうちに、悲しいが死んでいることに気づいた。しかし、母親は諦められずにそこに座りこんで、何時間も子どもを揺すっていた。

それが彼の目撃する、命を落とした最後の子どもにはなりそうになかった。自分たちの子どもをにわかに襲った病から救えなかった悲しみに包まれた親たちが、途切れなく診療所を立ち去っていった。彼らの悲痛な叫びに、苦しんでいる子どもたちの悲鳴がまじりあっていた。

過労気味の女医はしばらくすると巡りもどってきて、空になった点滴の袋を取りはずした。「お宅の息子さんはよくなったようです。私にできることはこれだけです。彼を家へ連れて帰ってください。それに、脱水状態にしないように」

「ありがとうございます、先生」

ダットはほっとして息子をしげしげと見つめた。目はいまやぱっちりと見開かれていて、心なしか力強くなったようだった。ダットはそれを直感的に感じた。

自動人力車の運転手は妻を立ちあがらせてやり、出口へ向かった。なにかが診療所に着いてからずっと気になっていたので、答えを求めて戸口で躊躇(ためら)った。人で混みあっている待合室を見回し、両親や病んでいる子どもたちをよく観察した。やがて、彼は奇異な感じに襲われた。つぎの瞬間、それがなにか思い当たった。

診療所にいる病める子どもたちはみんな男の子だった。

19

エジプト

「それ本当に葬儀船でしょうか？」

ロドニー・ザイビグ博士は埃っぽい穴の中で身体を起こした。つい先ほどまで彼はその穴で、固く引き締まった砂地から丁寧に掘りだされた木の柱の上に屈みこんでいた。頭上の携帯用天蓋が、エジプトの強烈な日差しを遮っていた。日陰であっても、気温は四〇度の目盛りのあたりを上下していた。近くのナイル川から吹きこむ熱風は、いっこうに安らぎをもたらしてくれなかった。ザイビグはインディー・ジョーンズ風のフェドラを脱いで額の汗をぬぐい、頭上に立っている若いブロンドの女性の柔らかな青い目を見あげた。

「それらしい造りではない、私の見るところでは」彼は四角い穴から並行して伸びている溝を指さした。古めかしい木の厚板が何枚も穴底の砂地に埋もれていて、長さは一五メートル以上もあった。

「これはセケト船、要するに作業用艀の構造をすべて備えているし、上流の石切り場から大理石なり雪花石膏を運ぶのに使われたらしい。頑丈な造りだし平底で、舷側には緑のペイントの痕跡すら認められる」彼は甲板梁を見つめた。「典型的な葬儀船は塗料を塗っていないし、王室船にしてもそうだが、エジプト初期の葦船と同じように船体の造りが曲線状になっている」彼は微笑んだ。「しかし私は、昨日現場に着いた一介の客員海洋考古学者にすぎない。チームのほかのメンバーは補給のために出かけて留守なので、著名なエジプト学者で豪胆な遠征隊長に尋ねるのがいちばんいい」

彼は日焼けした、高齢でカーキ色の服に身を包み、野原の前方で作業員二人に指示を与えている男性のほうを向いた。「ハリー。あなたの後援者が墓地の在処を知りたがっていますよ」

　陽気な笑いを浮かべて、ケンブリッジ大学のエジプト学の名誉教授ハリソン・スタンレー博士はせかせかと二人の許に向かった。「やあ、リキ・サドラー、君をまごつかせるつもりはなかったんだ、先週、墓がここにあるかもしれないと言ったが。あれは単なる予感で」

「ザイビグさんは、これは貨物船で葬儀船ではないとおっしゃっていますが」彼女はスタンレーと同じように、洗練された発音で英語を話した。

「ええと、私はたまたま両方の線を考えています。しかし、まさにロドニーの言う通り、確かにアスワンから石を運ぶのに使われていたセケトらしく見える。問題は、なぜここで最期を迎えたかです、王宮の近くで？　その答えはわれわれが舳先でした発見に潜んでいそうですし、興味深い解釈が成り立ちます」

彼は穴の中に飛び下り、リキとザイビグに後に続くよう手を振った。小柄で若いリキがスタンレーに倣って下り、ザイビグがすぐ後から従った。スタンレーは狭い溝の一本に沿って歩いて行き、溝なりに直角に曲がって大きな穴の中に入っていった。さらに踏み段を下りると、部分的に露出している石灰岩の岩板の前で立ちどまった。リキは彼の隣に身体を寄せて、その人工物を見つめた。

二〇センチ四方たらずのその岩盤の表面の上下は、彫り刻まれた絵文字の帯で飾られていた。中央には浅浮彫で数種類の動物、深鍋（ふかなべ）と水差しがいくつか、それに丸いパンが描かれていた。そうした彫刻の下には、窪（くぼ）んだ小さな入江が二つ刻まれていて、その間に、舟の上に立っている一人の少年の姿があった。

「供え物のテーブルですか？」リキが訊いた。

「お見事！」とスタンレーは応じた。

リキは顎を突きだした。「お忘れでしょうが、教授、私は生化学と考古学の学位を持っていますし、あなたのテーベ遺跡での実地調査ではよく働いたものです」

「そうとも。あなたはわれわれがあのミイラ化した子どもの身体を見つけた時、その場に居合わせた。あなたの義父は万事につけてひときわ際立った方だった。フレイジャーは現地発掘では重要な後援者であり参加者でした。彼抜きの発掘など思い出せないぐらいだ。私はあなたの一家がわれわれの研究を支援してくださっていることに感謝していますし、あなたがここに加わってくれて喜んでいます」

「私たちはみんな、ファラオのアクエンアテンの治世に強い関心を持っています」リキは言った。「それに、また墓所が見つかりそうなので興奮しています」

「がっかりする恐れもたぶんにありますよ」スタンレーは言った。「知っての通り、アマルナの一連の王墓は、あの都市の東数キロの谷に掘られています。われわれが現に立っている場所に重要な墓所が見つかるなどと誰も思っていませんよ」

「あなたは紛れもなく見つけた」

スタンレーは顔を赤らめて破顔一笑した。「たぶんです、あなた、たぶん。供え物のテーブルは古代の墓の上に置かれたことで知られています。数多くのテーブルが、事実、この地での発掘の早い段階で見つかっています。むろん、それらは神殿と係わりがあるし、陶磁器でできている。しかも、これには碑文がある。それで、まさにひょっとすると」

「ハリー」ザイビグが話しかけた。「あなたなりの刻印の解釈は？」

スタンレーは小さな手帳を胸ポケットから取りだした。「碑文は標準的な供え物のテーブルの形式に従っている。現地における私の解釈は、〝王からの二つの領界の統治者への贈り物。彼が王の愛する妹へヌッタネブの息子のために、パン、ウシ、フクロウ、それにあらゆる善きもの、純粋なるものを与えると言葉を添えられるように〟」

「そうするとテーブルそのものが」とザイビグは言った。「死者への贈り物なんだ？」

「ええ、ファラオの名前不詳の甥のための。旧国王期には、食べ物の供え物は文字通り神々と黄泉(よみ)の国へ旅する死者の双方に滋養を与えるために行われた。新国王時代ころには、アマルナはすでに建造されており、供え物は比喩(ひゆ)的な形をとるようになった。同じアクエンアテンの統治時代に、供え物は国王すなわちファラオによって行われた。彼が神々との唯一の仲介者だったので」

「この死んだ少年は」リキが訊いた。「もしや、ファラオ・アクエンアテンの甥なのでは？」

スタンレーの瞳が煌めいた。「それ故に、これがなんとも興味深いのです。これは国王の――少なくとも貴族の――供え物のテーブルのようです。アクエンアテンにはへヌッタネブという名の妹がいたことは分かっていますが、彼女の子孫に関する記録は一切ありません。妙なのは少年が乗っているその船の彫刻です。こんな彫像を供え物のテーブルで見たのは初めてです。どうしても、われわれの背後に埋もれている船と関連があるものと考えたくなってしまう」

「たぶんその若者は、船が好きだったのだろう」ザイビグが言った。「あるいは船の上で命を落としたか」

スタンレーはうなずいた。「おおいにありうる」

「テーブルの下をどんなふうに掘るつもりなんですか？」

「そうね……」

銃声が一発野原の反対側で轟き、スタンレーがそのほうを向くと、男が一人不細工な足取りで彼のほうに歩いて来ていた。エジプト遺跡省のアマルナ担当の係官で、彼はよく遺跡を訪ねていた。彼の白いシャツの表面の鮮やかな赤い染みが放射状に広がり、彼はよろめきながら倒れた。

「アジーズ！」スタンレーは穴から登って、打ちのめされた男を目指して走った。殺し屋が一人、向かい側の溝から現れてスタンレーのほうに発砲したので、彼は立ちどまった。銃弾は彼のすぐ前に着弾し、砂が彼の靴に降りかかった。考古学者は凍りつき、ゆっくり左右の腕を上げた。

殺し屋は三人いた。みんな緩めの白い木綿のシャツとズボン姿だった。正体を隠すために、それぞれにヘッドスカーフにサングラスをしていた。自動ピストルを携帯していて、彼らはリキとザイビグを取り囲み、スタンレーと一緒に二人を船の艫（とも）が露出している口を開けた大きな穴のほうへ歩かせていった。トラクターで掘り起こした砂の巨大な山が穴の背後に聳え立っていて、ナイル川を望む視界を遮っていた。

作業員二人はすでに穴の中に入れられていて、殺されてそこに埋められるのだと思いこみ震えていた。

殺し屋の一人が、チェックのヘッドスカーフをかぶっていて、ザイビグのほうを向いた。「お前は何者で、ここでなにをしているんだ?」

「名前はロドニー・ザイビグ。NUMA所属の海洋考古学者で、アマルナ沿岸の遺跡評価の仕事をしている。スタンレー博士に招かれて、彼がここで発見したこの船を見に来た」

殺し屋はさらに少し近づいた。「墓はどこだ?」

ザイビグは首をふった。「墓のことはまったく知らん」

殺し屋はザイビグを睨みつけるように見おろした。つぎの瞬間、電光石火の速さでピストルを逆手に振って、ザイビグの顎に銃身を叩きこんだ。

ザイビグは後へよろめき、穴の中の作業員たちの脇に転げ落ちた。彼は横向きに倒れたせいで、ベルトに留めてあった手持ちの無線機が尻に喰いこみ、二度の痛みに見舞われた。彼は身体を起こすと、しゃがんだまま片手を無線機に当てた。

殺し屋は彼をちょっと見つめ首をふると、仲間のほうへ移動した。ザイビグは慎重に手を無線機の制御装置へ滑らせて音量のスイッチを切った。つぎに、親指を送信ボタンに載せて断続的に軽く叩いた。

殺し屋はリキに近づいた。彼女は身体を強張らせて立っていた。スタンレーは進み出て、彼女と殺し屋の間に割りこんだ。

「こんなことをするには及ばない」スタンレーは言った。「われわれは考古学の発掘をしているのであって、たんに作業船一艘を掘り起こしたに過ぎない。ここに宝はまったくない。もしもそれが君たちの狙いなら」

殺し屋は思うさま腕を振りまわしてパンチを彼の腹部にくり出した。スタンレーがしゃがみこむと、殺し屋はピストルを彼の喉に突きたてて身体をまっすぐ起こさせた。

「俺にはゲームや嘘につきあっている暇などないんだ。墓はここにある。お前の頭をいまここで吹っ飛ばすぞ、本当のことを吐かないと」

スタンレーは顎にねじこまれている銃身の痛みに顔をしかめた。彼は忙しなく瞬き、無理をして小さくうなずいた。「あんたはなにを知りたいのだね？」

20

ナイル川の水面に数珠つなぎに気泡が立ちのぼって弾け、水中にダイバーがいることを告げていた。一瞬後に、青いデスコ・エアハット製の潜水ヘルメットに同系の色の化学防護服姿の女性が川面に浮上した。方向を確かめると、命綱に沿って小さな船へ向かった。潜水用梯子に手を伸ばし脚鰭を外すと、それを船尾板で待ち構えている上半身裸の髪が黒い男に手わたした。

ダーク・ピット・ジュニアは父親に生き写しではなかったが、紛れもなく似ていた。二人とも同じように背が高く、身体は細く引き締まっていて、どちらの顔立ちも野性的でよく笑いを浮かべた。彼は手を差しのべて双子の妹を引っ張りあげ、潜水ヘルメットを脱ぐ彼女に手を貸した。

サマー・ピットは長い赤い髪の毛を振ると、水中カメラを取りはずしてそれを兄にわたした。彼は唸っていたるエアコンプレッサーを切り、向き直ってカメラをわたした。

「アンセル・アダムズ（アメリカの写真家。一九〇二～一九八四。ヨセミテ渓谷のモノクロ写真でよく知られている）には降参したか？」

「もしも彼が、ブリザードの中で写真を撮るのを楽しんでいたならば」サマーは言った。「潮流に加えて濁った水のせいで、ここの下はそんな風に見えるわ」

「ナイル川の悪口は言わないほうがいい。さもないと、川の女神を悲しませかねないぞ」

「この川は女神に立ちあがってもらって、エジプトの人たちにナイルの汚染を止めるよう説得してもらう必要があるわ」

灼熱(しゃくねつ)の太陽に焙(あぶ)られるのを避けるために、彼女は加硫(かりゅう)処理されたドライスーツを脱ぎ、下に着けていたビキニにT‐シャツとショーツを重ねた。兄同様に長身だが肌白の彼女は射抜くようなグレイの目でダークを見つめた。

「ここで正しいのだと思うけど。石垣の残りらしきものを見つけたわ。海辺から整然と伸びているの。どちらの側にも小さな塚や起伏がある。人工物が埋まっているのではないかしら。それに、かなり自信あるけど、もっと深い場所で私は削られた石の塊とぶつかった。もしも推測通り堤防が改変されていたとすると、古代の通商用ドックのあらゆる特徴を私たちは捉えたようよ」

ダークはデジタル写真をビューファインダーに送りこみながらうなずいた。「アンセルはさぞかし誇らしいことだろう。これなど、エジプト遺跡省に発掘計画書を提出する十分な証拠になってくれそうだ。あらゆる種類の文化的な断片が通商用ドックの隣の沈泥の中に、たとえ三〇〇〇年経っていようと生き残っている可能性がある」

「毎年洪水で沈殿物が下流に押し流されたとしても、あなたの言う通りだと思うわ。いろんな物がかなり簡単に埋められてしまったことでしょう」サマーは首を傾げた。

「あれはなんの音かしら?」

ダークは静電まじりの断続音にちょっと耳を澄ました。

「無線だ」

彼は操舵室へ行って、黄色い送受信兼用の無線機を手に取った。くり返しカチカチという音が受信機から伝わってきた。ダークは無線機を口許に寄せて送信ボタンを押した。「ロッド、あんたなのか? 返事を、どうぞ」

応答はないまま、断続音が続いた。

サマーがさらに近寄った。「SOS信号みたい」

ダークはくり返される音に耳を傾けた――三度短音、三度長音、つぎにまた三度短音。彼は改めてザイビグを呼び出そうとしたが、結果は同じだった。彼は無線機を脇にひょいと投げだし、サマーのほうを向いた。「船を出してくれ、こっちは錨を揚げるから。われわれお気に入りのシャベル小父さんが困っているようだ」

彼はシャツを着ると、舳先に上って錨索をしっかり摑んだ。サマーはすでに舵輪の前に陣取って船をナイルの川上に向けていた。ダークが錨索を取りこんでいると船が前進し、その間に彼は錨を揚げることができた。サマーは船を川下へ反転させ、東の川岸のほうへ向けた。

彼らはエジプト中部の砂漠にある古代都市アマルナの外れにいた。カイロの南およそ三二〇キロに位置する。ファラオのアクエンアテンによって、僻遠のナイル川東岸沿いの要害の平地に建造されたその都市は、三〇〇〇年以上前に束の間だがエジプトの首都を務めた。アクエンアテンの死後間もなく、主都はテーベに戻された。新設の都は放棄されたばかりでなく石垣や建造物は取りはらわれ、ほかの場所で活用するために運びだされてしまった。だがアマルナは、後世の人家に完全に覆い隠されてしまわずにいる、古代エジプト唯一の都市である。

全長ほぼ一〇キロの平地は、背の高い石灰岩の断崖に囲まれており、旧都市の中央と南部近くに現代の村を二つ抱えている。ダークとサマーは平地の北の端で働いていた。そこはノース・リバーサイド・パレスと呼ばれている宮殿の遺跡の近くだった。サマーは船を操縦して人気のない川を下り、向きを変えてがたつく桟橋に船を着けた。ダークは舳先から飛び下り船を固定すると川岸にあがり、サマーが来るのを待った。

砂漠のこんな辺鄙な土地でも、ナイル川の左右の堤防では農作が行われていた。双子は大豆畑に取り囲まれた。堤防沿いに、まるで幅の広い緑のカーペットさながらに広がっていた。二人は奥へ入っていき、低木の茂みで立ちどまった。少し前方で叫び声が聞こえたのだ。

木立のすぐ向こうには古代の宮殿の遺跡が広がっていた。丈の高い名残の土塀が、かつて地上から立ちあがっていた散在する円柱や中庭、さらには王室のさまざまな建物を取り囲んでいた。スタンレー博士の発掘現場は数十メートル南寄りにあって、キャノピーテント数張り、おんぼろのピックアップトラックが一台、それに黄色いフロントエンド・ローダーが目を引いた。

サマーはダークの腕を摑み、野原の真ん中にうつ伏せで倒れている血まみれの死体を指さした。「人工物泥棒かしら？」彼女は囁いた。

「たぶん」

テロ行為はこんな人里離れた場所では起こりそうにない。エジプトがあまたの文化遺跡で泥棒たちと闘ってきたことを考えるなら、金儲けが最大の動機のように思えた。かりに泥棒だとしても、調査中の遺跡を襲うとはひどく強引な連中だ。死体から判断して、連中は欲しいものを手に入れるためには殺しなど意に介していないようだった。

掘り起こした土のいくつもの山が襲撃者たちを隠していたので、ダークとサマーは木立を縫って近づいていった。一本のポプラの木の陰にしゃがみこむと、殺し屋三人が発掘中の穴に向かっていて、掘りかえされた堆い土の山に背中を向けているのが見えた。

穴の中には、ザイビグとほかに数人いて、身体つきが厳(いか)つく腰に手投げ弾のベルトをした男に油断なく見張られていた。その監視役が風上を向くと一瞬スカーフが彼の顔から外れ、きちんと刈りこんだ髭が露わになった。ダークとサマーが見つめていると、スタンレー博士が溝から引きずりだされ、チェックのハンカチの殺し屋にピストルで殴られた。

「あいつら彼を殺す気だわ」サマーは囁いた。「助けを呼ばなくちゃ」

「そんな暇はない。いちばん近い村まで八〇〇メートルある。それに北にある遺跡庁の事務所にしても同じだ。向こうへ行って帰って来るのでは時間がかかり過ぎる」

「どうしたらいいと思う?」

ダークは命を落とした遺跡庁の調査官を見つめた。彼はホルスターに入ったピストルを帯びていた。いまや殺し屋三人は溝の上に集まっていて、彼らの足許で土埃が舞っていた。

ダークは妹のほうに向きなおった。「迅速に行動しなければならん。一つ君に頼みたいことがある」

「なにかしら?」

彼は現場のほうを向いた。「フロントエンド・ローダーを操縦できるか?」

21

血がスタンレーの頬を滴り落ちていたが、彼は襲撃者に怯んだところがなかった。矢継ぎ早に質問を浴びせられても、背筋を伸ばして平然と立っていた。

「私は墓などまったく知らない。アマルナの王室の一連の墓はどれも、ここの東の涸谷にある。あの都市の墓はみんな庶民の物だし、何世紀も前とは言わないまでも、数十年前に掘りかえされてしまっている」

「ここにはどんな墓が隠されているんだ?」殺し屋はいら立ちを辛うじて押し殺した。

「まったくの推測だが」スタンレーは言った。「われわれは作業船一艘と奉納銘板を一つ掘りだした。それだけだ。それらが墓の所在を示唆しているのかもしれない。あるいは、そうでないのかも。どうも、その可能性は薄い。かりに墓があるとしても、探しあてるのに何週間も、いや何か月もかかるだろう」

「あんたならどこを探す?」

スタンレーは奉納銘板に目を向けてから地面を見つめた。足の位置を変えると、片方の腕を発掘現場の反対側のほうに振った。

「たぶんあそこだろう。あのあたりだ、作業船とノース・リバーサイド・パレスのあいだ。ある一時期に、あそこにはおそらく重要な住まいがあったものと思われる」

殺し屋はその場所について検討し、ちらっとリキを見つめた。彼は視線をゆっくりスタンレーへ戻した。「俺を騙しやがったな」彼は声を押し殺して嚙みついた。「その報いだ、死にやがれ」

リキが叫んだ。「やめて！」彼がピストルを持ちあげてスタンレーの額に向けたのだ。

機械的な音が近くで唸りをたて、黒い煙が彼らの背後の空中に立ちのぼった。殺し屋たちは音のほうへ振り向いた――すると土の山が突然彼らに向かって崩れ落ちだした。

一人は倒れ、その腹部の下まで雪崩打つ土砂に埋められてしまった。彼は悲鳴をあげた。大きな鋼鉄の刃が土の山を突き破って頭のすぐ上に飛びだして来たのだ。仲間の一人は彼を救い出そうとしたが、後ろに飛びのいた。フロントエンド・ローダーがその大きな凹凸のあるタイヤで、最初の男を押しつぶしてしまった。

第三の殺し屋はスタンレーを脇へ押しやり、ピストルをローダーに向け運転室に発砲した。窓が埃まみれだったので、彼はローダーに運転手が乗っていないことを見届けることはできなかった。

ザイビグはなにが起こっているのか気づき、リキと作業員二人を溝沿いに引っ張っていって、崩れ落ちてくる泥の山から遠ざけた。やがて、立ちのぼる埃の煙幕の中から別の女が飛びだし、彼らの前方の溝に降りたった。

「サマーか？」ザイビグは声を掛けた。

「早くこちらへ。溝の中に留まっていてください」彼女は身振りで溝を示した。

「ダークはどこだ？」

「私たちを援護するつもりです。さあ早く！」

リキは躊躇したが、ザイビグが彼女を押しだした。「サマーについて行きなさい。私はハリソンを連れてくる」

数歩後ろで、考古学者は溝の縁でよろめいていた。ザイビグは彼のシャツを摑み、溝の中に引きずりこんだ。「来るんだ、ハリー。こっちだ」

彼ら二人がほかの者たちの後を追いかけていると、フロントエンド・ローダーがその刃で土煙をたてながら重々しく彼らの背後に迫ってきた。

ローダーの前輪は回転しながら土の山を下って溝に入りこみ、ローダーは前方に沈み身動きが取れなくなった。そのほんの二、三メートル先で、残る殺し屋二人はローダーを銃弾で穴だらけにしたあげくに、運転手がいないことに気づいた。彼らはあたりを見回し、考古学者二人が逃げているのを目撃した。

チェックのヘッドスカーフの殺し屋はピストルを持ちあげて二人を狙ったが、向きを変えて野原の真ん中に屈みこんでいる背の高い人影に発砲した。

サマーがローダーを始動させている間に、ダークは宮殿の遺跡を迂回して遺跡庁の調査官の死体に駆け寄った。死者の横にしゃがんでそのピストルを手に取った。それはずんぐりとした昔のウェブリＭＫⅥリボルバーだったが、口径４５５の薬包はいまも殺傷力を備えていた。

ダークがピストルの握把を握るか否かに、銃声がして彼の前の砂地が蹴りあげられた。彼は死体の隣に平らに伏せた。死体が弾丸を二発食らった。発砲地点に的を絞り、ダークは立ちあがり間髪入れずに二発撃ちこみ、東へ向かって猛然と遺跡を走った。

殺し屋は体勢を立て直し、また続けさまに発砲したが、ダークが奉納銘板の収まっている穴に飛びこんだので、空を切るばかりだった。サマーは数秒後に、ほかの人たちの先頭に立って頭を低くしながら溝を通り抜けて現れた。

サマーは固い笑いを浮かべた。「私たち彼らを狙い通りの場所に追いこんだようね」

「まだ数発残っているので」ダークは言った。「助けを呼ぶ時間稼ぎができる」

「ちょっと難しいわ、携帯電話が通じないので」

リキはサマーの横をすり抜けてみんなのいちばん前へ出て、溝の縁から頭を突きだした。ダークは魅力的な女性に目を向けた。

「あなた、頭をさげたほうがいい」彼は話しかけた。リボルバーのウェブリを突きだしながら、ひょいと頭をあげてすばやく様子を伺った。

生き残った殺し屋二人は垂直に掘りさげられた溝に飛び下り、いまやじりじりと近づきつつあった。ダークは彼らを阻むために一発撃つと、溝の前で土埃がたった。

彼ら二人は瞬間的に低くしゃがみこんだが、すぐさま一人が立ちあがって、なにか丸いものを一行のほうをめがけて投げつけた。

「手榴弾！」ダークが叫んだ。「みんな伏せろ！」

手榴弾は弾んで、溝の中の列の後ろにいたスタンレーの近くに転げこんだ。それは二、三メートル離れた地面にぶつかり炸裂した。

耳を聾する轟音とともに、土の煙幕ともっと夥しい埃が噴きあげられた。土埃がいったん収まりはじめると、ダークは靄を衝いて爆発地点へ向かった。彼は作業員二人の横を通った。彼らは自力で起きあがっていたし、無傷のようだった。ザイビグはそのすぐ奥で、スタンレーの上に屈みこんでいた。

「教授の具合はどうです？」ダークが訊いた。

耳鳴りがしていて、ザイビグは彼の質問が聞き取れなかった。しかし、ダークがいることには気づいた。「脚を」と彼は言った。

ザイビグの片方の腕と肩に血が少しばかり散っていたが、スタンレーに比べればしゃんとしている感じだった。イギリスの考古学者は埃に包まれ血まみれだった。ザイビグはすでにスタンレーのずたずたに裂かれたパンツの一片を引きちぎって、それを包帯代わりに彼の膝のあたりの赤く湿った個所に当てていた。

考古学者の目は虚ろで、低くつぶやいていた。

サマーがダークの後ろに現れた。「もう一発、受けるわけにいかないわ」

ダークはうなずいた。リボルバーを構えて飛びあがり、溝の陰になっている近い場所に潜んでいる殺し屋を狙ってすばやく一発放った。

ダークは身を伏せた。「移動しよう」

「彼は歩けそうにないわ」サマーはスタンレーのほうを身ぶりで示しながら言った。

ダークはうなずき、彼らの脇を登った。彼は溝を見通せる場所に位置取りをして、殺し屋が姿を現すのを待った。

「ダーク、これを見ろ」

ザイビグは溝の側面を掘っていた。だが彼の身体のために、ダークの視野は遮られていた。

「なんです?」

「開口部」

ダークは立ちあがってもう一発放つと、また視線を走らせた。サマーはザイビグと一緒に溝の側面から石灰岩の塊を一つ引っ張りだし、それを脇に転がしていた。その石がはまっていた場所に、暗い穴が口を開けていた。

「爆風が溝に穴をあけたんだ」ザイビグが知らせた。「脚に空気の流れが感じられる」

NUMAの考古学者はポケットから電話を取りだし明かりをつけ、それを穴の中に突きだした。彼は開口部のほうに首をのばしてから、サマーに向かってうなずいた。

「通路のようだ」

ウェブリ銃がまた吠えた。溝の向こうの外れで、片方の殺し屋が後ろへ倒れこみ辛くも銃弾を躱した。

「最後の一発」ダークは知らせた。「みんなそこに入ろう」

サマーとザイビグは別の石を取りのぞいて、一メートルほどの穴を溝の側面に造った。ザイビグは手招いて作業員二人を中に入れ、つぎにスタンレーを送りこんでからサマーと一緒にすぐ後から続いた。ダークは振り返りリキを見つめた。

若いブロンドの女性は溝の反対側の側面のほうを向き、不意によじ登りだした。ダークは突進して彼女の細い腰に腕を掛けて、彼女を上に達する前に引きずり下ろした。彼女は驚きに大きく目を見開いてダークを振り向いた。

「私ったら……すいません。脅えてパニックに陥ってしまいました」

ダークは初めて彼女の天性の美しさに気づいた。表情豊かな瞳、ふくよかな唇、それに白い肌。砂漠のぎらつく陽射しの許でも染み一つなかった。

「恐ろしいのはみんな同じです」ダークは強いて笑いを浮かべながら言った。「そこを乗り越えようとしたので、そっちのほうにむしろ驚きました。こちらのほうを試してみませんか？」彼は二人の足許近くにある穴のほうを指さした。

彼女は視線をダークから穴へ、それからまた元へ戻した。「私の名前はリキ」彼女はダークの腕に触れながら言った。「ありがとう」彼女は固い笑いを浮かべてダークを見つめると、這いずって穴に近づきその中に姿を消した。

ダークは後を追って穴をすり抜け、石畳の上に降りたった。ザイビグの携帯電話の灯りが、大きな石灰岩に縁どられた通路を照らし出していた。床は下りながら左へ折れていて、入口は天井が低かったが中はしだいに広がっていた。

「こっちはすっかり塞がれているようだ」ザイビグが右手を照らしながら言った。

「では、下りましょう」ダークが言った。「灯りが一つしかないので、一緒に留まるしかない」彼は穴の中に腕を伸ばして、割れた石灰岩をできるだけ元通りに戻した。通路は暗くなった。

「私も灯りを持っている」スタンレーが弱々しい声で言った。「私のシャツのポケットに入っている」

サマーが彼の脇に屈みこみ、そのポケットの中のペンライトを見つけた。彼女はそれを点灯して、作業員二人の前方の空洞を照らした。

「先頭に立て」ダークは彼女に言った。「ロッドと私はスタンレー博士に手を貸す」

サマーはうなずいた。彼女はエジプト人二人の横を通りすぎて、慎重に通路を下りて行った。初めのうち頭をぶつけないように屈んでいなくてはならなかったが、深く進むにつれて天井が少しずつ高くなった。リキと作業員たちはすぐ後ろから従い、ザイビグとダークはスタンレーを移動させるのに苦闘していた。

通路は下りながら急な曲り道になっていて、彼らは身体をすぼめ一列になって通り抜けた。ダークがやっと曲がり終えた時、背後を一筋の光が照らした。殺し屋たちはダークたちの脱出ルートを見つけ、石灰岩の破片を取りのぞいたのだ。

「前進するほうがいい」ダークは呼びかけた。彼はスタンレーの右腕と肩を支えて曲り道を通り抜け、ザイビグは前に立って考古学者を誘導した。

通路はほとんど逆戻りしてから長い真っすぐな通路に繋がっていて、わずかながら下っていた。

「これなんだと思う、ロッド？」ダークは訊いた。

ザイビグは灯りを滑らかな切り出された石の壁に向けて振りまわしたが、なんの目印も認められなかった。「方向を知らせる標(しるべ)はなにも刻まれていない」

「建物の間の通路だ」スタンレーが言った。「あるいは、たぶん……」彼は淀んだ空気のためにひとしきり咳きこんだ。ダークとザイビグは立ちどまったが、スタンレーがオーケーのサインを出したので前へ進んだ。

彼らはまた曲がり角に出会い、また身体をすくめて通り抜けた。スタンレーを引っ張って抜け出させようとして、ザイビグはサマーとリキにぶつかってしまった。

ダークは角を曲がってみんなに追いついた。「行き止まりですか?」

「玄室だ！」スタンレーが知らせた。

ダークはサマーとザイビグの灯りで、自分たちがまぎれもなく玄室に立っていることを見届けることができた。その部屋は小さかったし、急いで作られたような印象を与えた。三方の壁はむき出しだった。四番目の壁面は壁画に彩られていて、川を背景に大勢の人物が描かれていた。壁画の前には祭壇があって、木製の小さな棺が載っていた。せいぜい一メートル二〇センチほどの長さで、その表面には中に収まっている人物の容貌が刻まれていた。有名なツタンカーメンの墓とは異なり、その棺は金のメッキが施されてはおらずペイントを塗られていた。棺の足許には粘土の壺や人形の列、模型の船一艘、頑丈な木製の棒一本、それに純金の玩具の戦車が並んでいた。ほのかな香料の匂いが、古代の湿っぽい空気に浸みこんでいた。

「まあ」サマーはつぶやいた。「お墓だわ」

ほかの者たちは黙りこんで立っていた。ザイビグは携帯電話のカメラを作動させて描かれている情景を写真に撮り、サマーは画像をペンライトで照らし出した。彼らの畏敬の念は、通路を近づいてくる殺し屋たちの足音に打ち破られた。

「こちらへ」サマーは囁いた。彼女は灯りを反対側の壁面にある、低く切りこまれた出入口のほうへ向けた。彼女はしゃがみこんで隣の部屋に入っていき姿を消した。黙って、ほかの者たちは後から従った。棺の横を通りすぎる際に、ダークは腕を伸ばして木製の棒を摑み取り、かがみこんで部屋の中に入っていった。

サマーはみんなの先に立ってずっと小さな部屋に入っていった。人工物や壁画はまったくなかった。それより、ほかに出口がないのが気にかかった。

彼女は周囲の壁を照らしてみた。「行き止まりだわ」彼女は囁いた。

ダークは手を貸してスタンレーを部屋のいちばん奥へ誘い地べたに座らせた。彼はザイビグと作業員二人のほうを向き低い声で話した。「最善の手口は、奴らが入ってきた時、飛びかかることだ」彼は棍棒を掌に軽く打ちつけた。「ほかの人はみんな側面の壁沿いに身体を低くしてください」

彼とザイビグは入口の左右に向かい合って陣取り、ほかの者たちは地べたにしがみついた。彼らは灯りを消したので、部屋は井戸の底のように暗くなった。

不気味な暗闇の中で、七人に聞こえるのは高鳴る動悸ばかりだった。墓の三〇〇〇年前の住人の魂が室内にしみわたっているらしく、空気はひんやりと死んだように静まり返っていた。

やがて殺し屋たちは玄室に踏みこんだ。

22

地下の空気はひんやりとしていたのに、ダークは握りしめている時代物の棒の周りにじっとりと汗を感じた。彼は続き部屋の低い戸口の脇で、最初に入ってくる殺し屋を襲うために両腕をあげて立っていた。不意に隣に人の気配を感じ肘をさすると、女性の身体に触れた。サマーにしては背が低すぎるので、リキだと気づいた。彼女はダークに軽く寄りかかり、震える手を彼の肩に載せて身体を支えていた。

一筋の光が開口部の向こうで揺らめいた。殺し屋二人が玄室を探し回っているのだ。数度、光が入口のほうに投げかけられたが、彼らはその奥にはなんの関心も示さなかった。

続きの間の内部では、潜入者たちは黙りこくり、ほとんど息をしていなかった。

やがて、玄室で銃声が炸裂した。銃声は石灰岩の周囲の壁に木霊し続きの間に流れこんだが、銃弾は跳びこんでは来なかった。度重なる発砲の後に、玄室は静まり返った。

ダークとザイビグは戸口の持ち場を護り固めていた。入りこんできたのは硝煙だけだった。携帯電話の灯りがまた移動し、それに伴って石の床を擦る足音がした。

ダークやほかの者たちは身動き一つしなかった。彼らの感覚は研ぎ澄まされた。誰も物を言わなかった。やがてダークは身体を起こし、となりに立っているリキを軽くハグした。「ここにいてください」彼は部屋のみんなに囁いた。

ダークは戸口の上辺を手でなぞり、身体をかがめて玄室へ入っていった。大洋の海底に潜水した時でも、こんな息苦しくなるほどの暗闇にさらされた覚えはなかった。彼は左右の腕を前に突きだして、しきりに手探りしながらすり足で移動した。反対側の出口へ向かう彼の足に踏まれて、空薬莢が押しつぶされて音をたてた。目には見えなかったが、肺は硝煙が立ちこめていることを感じ取った。

彼の両手はやがて玄室へ通じる反対側の通路と出口を探しあてた。彼はそこを通り抜けた。右手におぼろげな灯りが認められた。殺し屋たちは最初の通路を通り抜け、いまは外側の通路を退去中で、彼らの灯りがいちばん先の曲がり角に反射していた。

ダークは続きの間へ引きかえし、低く呼びかけた。「出てきてもだいじょうぶ」

携帯電話とペンライトが点灯された。サマーがみんなを外へ誘導し、エジプト人の労働者二人が半ば意識のないスタンレーを支えた。

「本当に彼らは行ってしまったのでしょうね?」彼女は囁いた。

「そうとも」ダークは妹の手首を掴み、ペンライトを前方の壁に向けた。祭壇にはいまや棺は載っていなかった。「奴ら欲しいものを手に入れたんだ」彼は言った。

リキが溜息まじりに言った。「彼らは本当に墓泥棒だったのね」

「発砲騒ぎはなんだったのかしら?」サマーが訊いた。

「連中は壁画のことなど気にしなかったようだ」ザイビグは携帯電話の灯りを壁面に当てた。下側の狭い片隅が標的にされていて、その部分の画像は掻き消されてしまっていた。

「これは変だわ」サマーが言った。「なぜ彼らは壁画を撃ち砕いたのかしら?」

「ほかにも変なことがある」ザイビグは祭壇に近づいた。そこには粘土の小像がいまも立っていた。壺、人形、舟の模型、それに小さな金の戦車が手つかずで残されていた。「どうも辻褄が合わん、墓荒らしが質素な木製の棺を盗んで金の戦車を残していくなんて」

サマーは首をふった。「たぶん、気づかなかったのでしょう」

「もう一つ妙なことがある」ザイビグは言った。「彼らの一人をちらっと見かけたんだ、われわれが続きの間にいる時のことだが。そいつは手術用のマスクとゴム手袋をしていたようだ」

「手袋をして人工物を保護するというのは分かるけど」サマーが言った。「マスクはやり過ぎだわ」

リキがダークにすり寄った。「もう引き揚げてもだいじょうぶかしら？　スタンレー博士を診てもらう必要があるわ」

「むろん。サマー、君また先に立ってくれるか？」

ダークとザイビグはスタンレーを抱きかかえ、サマーはほかの者たちの先頭に立って部屋を出て内側の通路に入っていった。かすかに低い響きがしたので、彼女はゆっくり通路を進み、殺し屋たちが待ち伏せしている場合に備えて、数歩進むたびに立ちどまり灯りを消した。やがて彼女は最初の曲がり角に達し、角越しに覗きこんだ。

外側の通路は暗く静まり返っていた。彼女はまた前進していくうちに、土の山に行く手を阻まれた。そこは入口に近かった。彼女は上を見あげた。天井の石灰石の割れ目からうっすらと陽が射しこんでいるのを期待したのだ。

ところが、まったくの暗闇だった。灯りを持ちあげて、その理由がわかった。

フロントエンド・ローダーの鋼鉄の刃が開口部に喰いこんで、古の死者たちの亡霊ともども彼らは地下に閉じこめられてしまっていた。

23

ダークは埋葬品の棒を使って、本来の入口周辺の石灰石のひび割れた個所をこじ開けようとした。数個、小さな欠片が剝がれ落ちた。無駄骨折りだった。フロントエンド・ローダーの刃は開口部の左右の頑丈な岩盤と重なり合っており、それらを突破するのはとうてい無理だった。

「鶴嘴があればなあ」彼はつぶやきながら棒で壁を叩いた。「この岩石の別の部分も、棒きれ一本ではびくともしそうにない」

ザイビグは携帯電話の灯りで周りの壁面を照らした。「がっちりとした造りだ、それは認める。石灰岩の岩盤が側壁、床、それに天井に使われている。三〇〇〇年間荒らされずに来た謂れはよくわかる」

「それはここに埋葬されたエジプト人には結構なことですけど」サマーが言った。

「私たちはどうやって外へ出るの？」

「誰か調べに来るでしょう、亡くなった遺跡庁の調査官を探しに。それに、作業員二人の家族たちも」リキが身振りで作業員のほうを示した。「その人たちは、ローダーがいつもの場所に無いことに気づくはずよ」

「そうだわ」サマーはうなずいた。「それまでどれくらい掛かるかしら？」

通路は静まり返った。ダークがスタンレーに近づいた。「教授、われわれは天井を通り抜けてここに落ちこんでしまいました。もともと、どうやってこの墓に入ったのでしょう？」

スタンレーは床に座りこんで、背中を壁にもたせ掛けていた。その顔色は背後の石のように青白かった。彼は意識を失う瀬戸際をさまよっている状態で、脚の傷の痛みと闘っていた。

博士は生気のない目でダークを見つめ、強いて笑いを浮かべた。「階段」彼は低い声で言った。「地表に通じている階段を探すといい。たぶん、隠蔽された入口の中にある」

「なるほど。ありがとうございます、教授」ダークはザイビグを見つめた。「あなたはスタンレー博士やほかの人たちとここに残ってくれませんか、サマーと私で探してみますので」

ザイビグはうなずいた。ダークは手探りで棒を摑むと立ちあがりサマーに近づいた。彼女はペンライトを携えて、兄を通路の外れの土の山まで誘導した。二人は屈みこみ、サマーが灯りで周りを照らした。

「この障害を通り抜けることはできないわ」彼女は言った。「相当掘り起こさないかぎり」

「この先には岩盤の壁があるだけだ」ダークは言った。「入口はないと判断してよさそうだ」

「部屋へ戻りましょう」

サマーは向きを変え先に立って通路を進み、身体をすぼめてほかの者たちの横を通り抜けた。ダークはリキの傍らを通りすぎながら一瞬ためらいがちに彼女の香水の匂いを嗅ぐと、彼女が明るく微笑みかけた。彼はサマーの後を追った。彼女はペンライトで側壁を上下に照らし、いったん止めてはまた岩石の繋ぎ目を調べた。不自然な切り口や秘められたドアらしき手掛かりはまったくなかった。古代エジプトの石工たちは見事に岩石を組み合わせていた。

二人は最初の急な曲がり角にたどり着き、滑らかな湾曲した側壁沿いに進んで内側の通路に出た。ダークは左右の壁面を両手で撫でながら先へ行くうちに玄室に着いた。その部屋と続きの間で、彼らは壁面と床を隈なく調べた。どこにも、階段や隠された出入口の手掛かりは見つからなかった。彼らは通路をたどって引きかえした。

「別に入口があるはずだわ」サマーが言った。

ダークが棒で床を軽く叩くと、鈍い音が返ってきた。「どっちを向いても、石灰岩が張りめぐらしてあるようだ」

外側の曲がり角を、サマーはダークの先に立ち身体をすくめて通り抜けた。彼が後ろから従っていると、棒の先が壁面を擦った。

サマーが立ちどまった。「ねえ、もう一度やって」

「やれって、なにを？」

「壁を叩いてみて。違う音がしたわ」

ダークは改めて側壁を叩いた。聞きなれた低い音がした。

「ちがう。曲がり角に戻って」

ダークは曲がり角の半ばまで引きかえして、湾曲している側壁を鋭く叩いた。反響音は確かに軽かった。ダークは片手で曲面を撫で、拳でその表面を叩いた。

「柔らかい材質でできている。まるで漆喰のようだ。理屈に合う。湾曲した壁面を石板から造るのでは手間がずっとかかる。それに、継ぎ目がない。もっと早く気づかないなんて」

「この暗がりでは、見落としても無理ないわ」サマーも壁面を撫でた。「漆喰に砂を混ぜたみたい。ほぼ石灰岩に似た肌理。ここを突破できるかしら？」

「やってみよう。ここにいろ、すぐにもどる」

ダークはペンライトを手に取り、サマーをしばらく暗がりに残して、ほかの人たちの所へ歩いていった。彼は通路に転げ落ちている鋸歯状の石灰岩の欠片を二つ持って戻ってきた。片方の塊とペンライトを妹にわたした。もう一つの塊の端を握りしめると、彼はそれを壁面に打ちつけた。

石は漆喰を深く切り裂き、白い埃を吹きあげた。ダークは振り返り、妹に微笑んだ。

「荒っぽいが効果的だな」

サマーはペンライトを口に銜えて、漆喰の壁を削ぎ取る作業に加わった。漆喰が欠け落ちるにつれ、壁面の厚さが五センチほどであることが分かった。その先には砂が詰まっていた。

肩の高さからはじめ、二人はそれぞれに床に向かって真っすぐ漆喰を引き裂いていった。ダークが先に床に達した。

彼が破片を片づけていると、サマーが彼を横に呼び寄せた。「これを見て」

サマーが膝の高さの漆喰の塊を脇に除けると、わずかながら隙間ができた。彼女がその背後の砂をいくらか掻きだすと、水平な石灰岩の厚板の縁が現れた。

「踏み段だ」ダークは彼女がそこに灯りを当てると言った。「きっとそうだ」

彼はいっそう気合をこめて石板を覆っている漆喰を攻め立てた。彼らは力を合わせて、漆喰の壁に幅六〇センチほどの穴をあけた。それからその背後の砂を掘りだすと、さらに踏み段が二つ現れた。

ほどなく、一人分の広さしかなくなったので彼らは交代で砂を掘りだし、その間、片方は砂を脇に除けた。踏み段沿いに狭いトンネルを掘っていくうちに、彼らは天井の石灰岩の石板に出くわした。それらは通路に敷き詰められている石板より小さめだった。ダークは石板を繋ぎ合わせている漆喰を簡単に破り、石板を取りのぞいた。

頭上の砂は楽に処理できたが、さらに三〇センチほど岩の欠片で掘り進むうちに、鋭い一撃が小さな穴を開け陽の光がわずかながら射しこんだ。彼は砂のシャワーを浴びながら穴を広げていき、頭を地上に突きだした。

墓荒らしたちの姿はなかった。遺跡庁調査官の死体は、彼の予測通り、第三の殺し屋の死体同様、消えてしまっていた。

ダークは穴の中へ下りた。「上は安全のようだ」

サマーは微笑んだ。「正面の出口を見つけたって、私みんなに知らせに行くわ」

スタンレーがザイビグや片方の作業員に助けられて、最初に踏み段のつけ根に現れた。ダークは考古学者が開口部を通り抜けるのに手を貸し、不毛の砂地に寝かせてやった。

「依然として外は暑いね」スタンレーは辛そうに笑みを浮かべながら囁いた。彼は開口部を振り返った。「やったね」

「あなたが言った、踏み段を探せ、が鍵でした」とダークは応じた。

「一族の墓地(ネクロポリス)の入口のようだ。しかし、子ども一人しか埋葬されていない。アクエンアテンの死後、あの一族は故郷を捨てたに違いない。アマルナのほかの人たちと同じように」

「どうして彼らはあの棺を移転しなかったのでしょう？」

「その答えは永遠に知りようがないだろう」彼の瞼(まぶた)が重たく垂れさがった。

ダークは向きを変え、リキとサマーが開口部をすり抜けるのに手を貸すと、北にある村のほうを見やった。

作業員の一人が穴から出てきて彼に近づいた。「あの村には医者がいます。私が行って探して来ます」

ダークが答える前に、彼は向きを変えて砂漠を走っていった。

サマーは考古学者のキャンプを掻き回して、小さな救急箱を持って帰ってきた。スタンレーの傷口に包帯が巻かれたころに、一台のSUVがけたたましく到着した。医師、警官一人、それに遺跡庁の地元の所長が乗りこんでいた。スタンレーの脈を取った医者は、医療施設への搬入を要請した。五〇分後にアシュート市から一台の救急ヘリが到着し、サイレンを鳴らしながら博士を運んで行った。

ヘリコプターが巻きあげた砂嵐が収まったところで、残りの者たちは警官に状況説明をした。若い警官は圧倒された様子だったが、メモをたっぷり取った。ダークはエジプトの辺境の地なので、襲撃事件を捜査する能力には乏しいだろうと危ぶんだ。ザイビグに協力してもらって、ダークは防水シートを探しだし、彼と一緒に墓所への新しい入口を塞いだ。

「この場所は二四時間監視下に置きます。その間に考古学班と警備班をカイロから呼び寄せます」遺跡庁の男は約束した。「われわれは全力を尽くして、失われた人工物の回収に当たります」

「それに、あなたの部下を殺した悪党たちも捕まえていただきたい」ダークは言った。

キャンプ地では、リキが自分の持ち物をかき集めていた。ダークは近づき、片方の手を差し出した。「どこかまで、乗せていきましょうか?」

彼女はダークの目を見つめて、明るく微笑みを浮かべて答えた。「それはとても助かるわ。私は二日後に、スタンレー博士と一緒にカイロに戻り、国へ帰るフライトを捕まえる予定だったのです。あなたはどちらへ向かうのかしら?」

「アシュートの上流です。あそこに、教授を収容することになっています。われわれは調査船を一隻、あそこの大学から借りているんです」

「それだと助かるわ。あそこにはそこそこの規模の空港があるので、カイロ行きの便を捕まえることができるはずです。それに、スタンレー博士の様子を確かめられるので素晴らしいわ。ちゃんと船に私が乗る余裕はあるのでしょうね？」

「王室用の艀とは行かないが、なんとかします」ダークは約束した。「たとえ、私が屋根の上で寝なければならないとしても」

24

リキはダーク、サマー、それにザイビグと一緒に、黄昏近くに調査船に乗りこんだ。彼らはナイル川をわずかばかり上り、一夜を過ごすために山間の入江に錨を下ろした。ダークはデッキでグリルの火を起こしてラムのカバブを作り、サマーは調理室で中東風コロッケ、ファラフェルの準備をしているザイビグの手伝いをした。

「缶詰のシチューぐらいかなと思っていたけど」とリキは言いながら、船尾デッキのディナーテーブル代わりの作業台を囲んでいるほかの者たちに加わった。

ダークはイタリア産白ワインのコルクを勢いよく抜き、みんなのグラスに注いだ。「現場にいる時は、あまり辛い思いをしないように心掛けているんだ」彼は乾杯するためにグラスを掲げた。「砂漠での稀な体験の一日に」

試練を受けて腹をすかしていたので、四人は料理をむさぼった。

「ところで、NUMAはここアマルナでなにをなさっているのです?」リキは自分の皿に料理をまたたっぷりとりわけながら訊いた。

「われわれはエジプト遺跡庁とアシュート大学の合同計画に協力しているんです」ダークは説明した。「目的は古代都市アマルナとアコリスの沿岸調査です。サマーは去年アマルナ沖で海洋生物調査を行い、ここのすぐ南で水中に沈んでいる文化的遺物をいくつか見つけました。ロッドと私は彼女に加わり、両遺跡のソナー調査と海底のプロファイリングをしています」

サマーは声をたてて笑った。「私は一人きりで、四六度ほどもある暑さを共に凌ぐ仲間がいなかったので」

「ここは長いのですか?」リキは訊いた。

「長すぎるほど」サマーはもう一本カバブの串を皿に取りながら答えた。「私は一か月。男性陣は約二週間。私たち明日、仕事仕舞いにする予定です」

「みなさんが近くにいてくれて助かりました」リキは言った。「どんなことになったことか想像もつきませんわ、もしもみなさんが現れてくれなかったら」

「そのお礼なら、ロッドにするのね」とサマーが応じた。「彼は無線で打電し続けていた。それが救難信号だとやがて私たちが気づいたのです」

「神経質な指なもので」ザイビグは言った。

「スタンレー博士や発掘とはどういう係わりなんですか?」ダークがリキに訊いた。

「私の働いている会社が、スタンレー博士のエジプトでの研究に対する永年にわたっての主な後援者の一つなのです。私は会社の広報を担当していて、その関係でスタンレー博士とじかに時間を過ごす機会に恵まれています。わが社の創立者は素人エジプト学者で、ずいぶん以前から博士と親しくさせていただいておりました。彼はもうこの世にはおりませんが、会社はエジプトのあらゆる物に対する彼の情熱の遺産として後援活動を続けています」

「立派な心掛けだ」ザイビグが言った。「ですが、あなたは今度はじめてエジプトの荒野に踏みこんだわけではないということでしたよね?」

「そうなんです。私はこれまでにもスタンレー博士と数度、エジプトで発掘作業に携わったことがあります」彼女は気弱に微笑んだ。「私の学位論文はネフェルティティの考古学的な記録についてなんです」

「あなたには考古学の素養がおありなんだ?」ダークがだめ押しをした。

リキがうなずくと、ザイビグが声をたてて笑った。「道理で、なんとなくあなたに親しみやすさを感じたわけだ」

「あなたになら、サマーが昨日見つけた人工物になにか手がかりを与えてもらえそうだ」ダークは立ちあがり、操舵室に姿を消した。

「文字が刻まれた小さな石なんです。私が水中で見つけたのです。そこは商船用の波止場跡だと私たちは信じているのですが」サマーが説明した。「スタンレー博士に検討してもらいたいと思っていたんです」

「たぶん博士は、アシュートでそれを見ることができるでしょう」リキは言った。彼女はダークがぎざぎざの平たい石を持って現れたので顔をあげた。サマーが何枚か皿を片寄せて、その石をテーブルに置けるようにした。

「人工物を持ち出してはいけないことになっている」ダークは言った。「サマーはこれをたまたま掘り起こし、引き揚げる許可を得ています」

その石は幅六〇センチほどで雪花石膏（アラバスター）色をしていた。表面にはすり減った象形文字の欄が一つあって、その下には刻みつけられた彫像の断片が認められた。

「私の見立てでは、なんらかの記念碑の一部だ」ザイビグが発言した。

「川の沈泥の三〇センチほど下に埋もれていました」サマーが知らせた。「錨索を動かした時に見つけたんです。近くを探ってみたけど、ほかに断片はまったく見つからなかった」

リキは石の上に身を乗りだして、絵柄や彫像を検討した。

「象形文字を読めるのですか？」サマーが訊いた。

リキは目を石板に貼りつけたまま首をふった。「ところどころのシンボルだけ。ナイル川とオシリス神を現わす表記が見てとれます。どうやらナイル川への献辞のようです。よくあるテーマです」

「彫像はどうです？」ダークが訊いた。「われわれはみな、船に乗っている一人の女性を表しており、射手たちを乗せた別の船が追いかけているると決めこんでいるのですが」

「私は祝賀の船旅を現わしているように思います、たぶん、女王か王女の。王室の護衛つきです」とリキは答えた。「たんに高官がメンフィスへ向かって川下りをしていたのかもしれません、ナイル川とその女神にお祈りをささげるために」

「なるほど」サマーが言った。「なにか船に関して興味をひかれる点がありますか、ロッド？」

「標準的な葦船です。ナイルの代表的な輸送手段。飾りはいっさい描かれていない。王室の船や祭礼船に通常認められる」

「カイロにいる私の知り合いの専門家たちなら、なんらかの光を与えてくれるかもしれません」リキが言った。「彼らに検討してもらうために、それを拝借できるかしら？」

「いずれ、それをまずアシュート大学の考古学部に返さなくてはなりません」サマーは言った。「だけど、それを貸したり複製を提供したりしても問題はないと思います」

「それはよかった。ほかにもなにか見つけたんですか？」

「杭の残骸だけ――というか、私たちは杭の残骸と思っているのだけど。私は床に就く前に、海底ソナー記録を整理して首尾一貫した物標図にまとめ、物標の配置を示す仕事をやってしまわなければなりません」

「それで思い出した」ザイビグが言った。「私はスタンレー博士が見つけた艀に関して、まだ比較的記憶が鮮明なうちにメモをしておかなくてはならない」彼は立ちあがって、テーブルに残っていた平皿を片づけた。ほかの者たちも加わり、料理や盛り皿をしまった。サマーとザイビグは、それぞれの務めを片づけるために下の窮屈な調理のテーブルへ引きかえした。

「あなたはどうなの？」リキが訊いた。「宿題はないの？」

ダークは笑いながら首をふった。「ありません、砂漠の日没が眺められる時は。スカイラインテラスにつき合いませんか？」彼は操舵室の屋根に通じている梯子を指さした。

リキは途惑い顔をして彼を見つめ梯子を上った。ダークは残っているワインとグラス二個を摑み、彼女の後から進んだ。狭い屋上には背もたれの高いクッション入りのベンチが一つ収まっているだけで、前方の手すりに固定されていた。ダークは紐を解いてベンチを引きずり、川を挟んで西を向かせた。太陽はすでに地平線の下に沈み、大空いっぱいにオレンジ色の光を放射していた。

「エジプトの一日で最高の時間だ」ダークは二つのグラスにワインを注ぎながら話し

かけた。リキもベンチに腰を下ろした。

「やっと、暑さが影を潜めたわね」彼女は微風を帆に受けて川をさかのぼる古びたダウ船（木造帆船）を見つめた。「地元の人たちはどうやって耐えているのか、見当もつかないわ」

「数千年に及ぶ遺伝的な順応が助けになっているのだろう」

「私など慣れられるなんて思えないわ、たとえ数千年たっても」彼女はダークを見つめた。「この暑さは、きっと海から遠く離れているせいだわ」

「そうだろうけど、私は暖かい気候のほうが好きだ。サマーと私はハワイ育ちなので」

「どういう経緯でＮＵＭＡに収まったの？」

「私たちはいつも水辺で生きてきた。彼女は海洋学を勉強し、私は海洋技術の道に進んだ。最終的に、私たちはＮＵＭＡの父と組み、目下私たちは世界中の水中プロジェクトに従事している」

リキは彼の顔に喜びを見てとることができた。「あなたは幸せだわ、好きなことができて」

「記者会見の合い間に古代のミイラを掘り起こすのも、そう悪くはなさそうだ」と彼は応じた。

リキはうなずいた。「私は仕事を楽しんでいます……仕事のいくつかの要素に手が焼けることもあるけど」彼女は漠然と答えた。

ダークは彼女が話し続けるのを待った。彼はリキの目に脆さを見てとった。以前にもそれを、溝の中で襲われた時に目撃していた。漠然とした傷つきやすさを。ダークはそれにひどく心をひかれた。

太陽は姿を消し、空は赤味を帯びた灰色に変わった。ナイル川の沖合で風が強まり、にわかに空気が爽やかになり、リキはダークにすり寄った。

「イギリスへ行ったことはあります？」彼女は訊いた。

「時おり。サマーと私はほんの二、三か月前までロンドンに居ました」

「ぜひ戻っていらして」彼女は柔らかく言った。

「そうしたいものです」

会話は途切れた。一陣の突風に彼女はさらに身体をすり寄せ、ダークは片方の腕を彼女に回した。二人は翌日の朝、太陽が東の空に現れた時にも同じ姿で抱き合っていた。

25

ＮＵＭＡの調査船がナイル川の遡上を再開してから三時間後に、アシュートの現代的なビル群が西岸に現れた。世界でも最も古い都市の一つであるアシュートは、大学の町、重要な農業センター、上エジプト最大の都市でもあった。

舵取りをしていたサマーは、アシュート・バラージズと呼ばれる一対のダム沿いの閘門(こうもん)を通過して河畔の波止場に船を着けた。ダークが船を繋留して船内に飛び戻ると、サマーとリキはザイビグと彼の携帯電話を取り囲んでいた。

「やっと携帯電話が通じるようになったんだ?」ダークは訊いた。

ザイビグはうなずいた。「この一〇分ほど前から」

「では、なんで大騒ぎしているんです?　ついにラクダと一緒の自撮りでもやってのけたのかな?」

「ロッドはあの墓の内部を何枚か写真に収めていたの」サマーが知らせた。「乱射される前の壁画も含めて」

「破損されてしまったが、壁画の一画をどうにかはっきり撮ることができたんだ」ザイビグは画面を持ちあげてダークに見せた。そこには一人の女性が、一名の部下と立っている男性に手を差しのべているところが映しだされていた。その男性の遠い背後では、少数の人間が寄り集まっていた。

「これと言って目を引く点はないが」ダークは言った。「これは間違いなく、撃ち壊された部分なんですか?」

ザイビグはうなずいた。「逃げだす際に、あと何枚か撮った」彼は数枚飛ばして、壁画を大きく収めている画面を示した。そこには損なわれた右下隅が示されていた。

「むしろこっちのほうが興味深い」

「たぶん、私たちを続きの間に閉じこめておくための乱射のせいでしょう。その間に彼らは棺を持ち去ろうとした」リキが言った。「それに下隅を狙えば、銃弾があまり跳飛しないから」

「ありうる」ダークは言った。「いずれにせよ、警察と遺跡庁に写しを見てもらうべきだと思います」

「そうとも」ザイビグは言った。「おそらく下隅は修復できるだろう。私はスタンレー博士に写しを見てもらうつもりだ」

「それで思い出したけど」リキは言った。「私は病院に電話をして、博士の状態を確かめるつもりです」彼女は波止場に飛び下り、電話を取りだした。

「私たち、彼の様子を直接見に行ったほうがいいんじゃないかしら」サマーが言った。

「荷物を下ろすのは後でやればいい」

「どこかで昼飯にありつけるなら、俺はつき合うぜ」とダークが応じた。

リキが間もなく戻ってきた。「担当の看護師の話では、博士の状態はよく見舞いに応じられるそうです。博士に直接お目にかかりたいわ」

「そう私たちも思っていたとこなの」サマーが知らせた。

彼らはタクシーを呼び止めて中に乗りこみ、近くにあるアシュート大学病院へ向かった。巨大な現代風の病院は、エジプトで三番目に大きい大学の広々とした敷地に建っていた。一行はスタンレーの病室の番号を受付で知らされ、エレベーターで四階へ向かった。

スタンレーは中庭を見おろす個室に収まっていた。教授はベッドの中で半身を起こして、アルアーラム・ウイークリー（エジプトの週刊誌）の英語版を読んでいた。彼の左脚は分厚く包帯に包まれていたが、それを除くと健康そのものといった感じだった。

リキは駆け寄り、スタンレーをハグした。「ご気分はいかがです、教授？」

「かなりいい、本当に」彼はリキが現れたので元気が出たようだった。「脚は少し痛むし、まだいささか疲れてはいる。しかし、気分は上々」

「墓を出た時に意識を失ったので、みんな案じていたんですよ」ザイビグが話しかけた。

「私は快適なヘリコプター移送の間は眠っていた。いや、そう聞かされた。ここに着いた時には、血が不足していたらしい。ここの優秀な医師たちが輸血をしてくれたんだ。ファラオのアクエンアテンはさぞ満足だろう……いまやエジプト人の血が私の血管を駆けめぐっているのだから」

ザイビグは微笑んだ。「そのうちに、ピラミッドでも建てる気になりかねない」

「ひとえにあなたたちのお蔭です」教授はダークとサマーのほうを向いた。「その機会がないままに、命を救って頂いたお礼をまだしていませんでした。それに、作業員たちの命を」

ダークは首をふった。「われわれは遺跡省の調査官を救えませんでした、残念ながら」

「悲劇だ、いまだにああした泥棒たちが跋扈（ばっこ）しているのは。私が墓荒らしに襲われたのは二度目なんです。君は覚えているだろう、リキ、テーベの近くで数年前になるが、ある子どもの石棺を盗んだ泥棒にわれわれが捕らえられたことを」

「おぼえています」彼女は答えた。「少なくとも誰も、あそこでは怪我をしなかったけど」

「ああした地域では、まあ職業的災難だ」

「いつ解放されるのです？」サマーが訊いた。

「もう一日か二日。私はアマルナへ戻って、まともな明るさの許であの墓を一目見たくてじりじりしている。あれは実に素晴らしい発見だ。ことその点に関しては、われわれは泥棒たちに感謝すべきだろう」

「あなたはいずれあの墓をきっと見つけたことでしょう」リキは言った。「あなたは奉納銘板がもっとなにかを示唆していると見抜いていたので」

「それは確かに。われわれが中で目撃したことを、しっかり思い出せるといいのだが」

「それなら私がお力になれるでしょう」ザイビグは携帯電話を取りだし、自分が撮った墓の写真をスタンレーに見せた。「以前と以後の両方の映像です。どちらもきっとあなたにお送りします」

スタンレーは石棺の写真を興味深げに眺め、つぎに壁画に神経を集中し、画像の持つ意味を解釈しようとした。エジプトのほかの墓の壁画と同じように、象形文字の欄ともっと大きな絵図が三つの部分に収まっていた。

左側では数人が跪（ひざまず）いていて、彼らは両手をあげて紛れもなく太陽を崇めている。彼らの背後には小さな石棺が一つ置かれてある。中央のパネルのいちばん上には一組の男と女が描かれていて、玉座に座ってトールハットをかぶっている。太陽の光は彼らにしか射していない。右手の欄には狭い青い帯が伸びていて、その両側には小さな人の群れができている。

絵図は垂直の象形文字の二つのブロックによって分断されていた。

スタンレーは微笑んだ。「この場所はいささか暗いが、なかなか素晴らしい絵図だ。明るい色彩に着目するといい。ネフェルティティの墓の壁画に引けをとらぬほど印象的だ」

「なにを現わしているのか教えていただけませんか?」サマーが訊いた。

「いくつかの要素についてはお話しできる。左側の画像は太陽神アトンに対する敬意の表示で、アマルナのほかの場所でも発掘されている碑文に似ている」彼はさらに身体を起こした。「ご存じの通り、ファラオ・アクエンアテンは権力の座に就いた時、都市アマルナを零（ぜろ）から建造した。その動機の一部は、従来の王朝が支持してきた多神教を廃止する決意に発している。彼は後に異端ファラオと呼ばれるようになるが、それは多くの神々を排斥（はいせき）し、アトン、すなわち太陽神を信仰する一神教を確立したからです」

スタンレーは水を一口すすった。「ファラオにとって不幸なことに、彼の息子のツタンカーメンは彼の死後に状況を元の状態に戻そうとした。アクエンアテンの統治のすべてが、エジプトの歴史から抹殺されてしまった。しかし数年間、アクエンアテンは自分が造った主都でひっそりと信仰生活を送った。彼の権力は壁画中央のいちばん上に描かれている、彼ファラオとその妻ネフェルティティの坐像に示されている」

「左側の人物たちは、わが子を失い嘆いているのでしょうか？」サマーが訊いた。

「子どもを亡くした両親が、アクエンアテンとネフェルティティにアトンの慰めを希っているのだと思います。ご覧なさい、太陽の光は座っている夫婦にしか注いでいない」彼は写真を掲げてほかの者たちに見せた。「それは坐像がファラオとその妻であることを示唆しているし、彼らしかアトンとはじかに交信できないのです。象形文字についてなにか分かるかやってみましょう」

彼は写真を拡大して、象形文字の左ブロックに着目した。

「こう言っています。〝王の甥の両親は息子を病に奪われ悲しんでいる。彼らはアトンにさらなる苦しみをまぬがれるよう願っている〟」

「ファラオ・アクエンアテンの妹のことが奉納銘板で触れられていましたけど」リキが発言した。

「ええ、その通り。われわれの推測通り、あの墓はアクエンアテンの甥のものらしい。われわれの発掘地点はノース・リバーサイド・パレスと一族の住まいとおぼしき場所に隣接している。王族の一員だったが、ファラオの妹は明らかにほかの皇族たちと一緒にアマルナの東の断崖に墓を持つ身分ではなかった。しかしながら、あの墓の造りはそれなりに念が入っている。紛れもなく一族の墓として意図されており、少年の死後早々に使用されたものと思われる」

「死因は三番のパネルと関連しているらしい」ザイビグが言った。「少なくとも上の部分は。川沿いに死人が並んでいるようだ」

スタンレーはつぎの写真を借り、壁画の右の部分を拡大した。

「あなたの言わんとしたことが分かった。数人がかりで、ぐったりした子どもたちを抱きかかえている姿を描いているようだ」彼は写真から顔をあげた。「アクエンアテンの治世に悪疫が大流行した歴史的証拠がある。おそらくその病魔がわれわれの墓の主を襲ったのだろう」

ザイビグは下の中央を指さした。「この部分、ここです、墓荒らしたちに銃撃され傷めつけられたのは」

スタンレーは写真を拡大した。「立派な身形(みなり)の女性が船のなかに立っている。彼女は反対側の岸の男に手を振っているか、なにかをわたしている。それがなにを意味しているのか。私にははっきりしない」

「この一連の象形文字で、なにか手掛かりが得られましたか?」サマーが訊ねた。

スタンレーは象形文字の二番目の欄を検討した。「王室の娘がエジプト脱出に先立って、アピウム・オブ・ファラスを配っている」

「なぜ王室の娘がエジプトを脱出しなくてはならないのだろう?」ザイビグが訊いた。

「的を射た質問だ」スタンレーは応じた。「アクエンアテンにはわれわれに分かっている限りで六人の娘たち、それに若い息子ツタンカーメンがいた。異常な事態だ、王家がその国を逃げ出すのは。おそらく、彼の死後生じた混乱のせいだろう」スタンレーは顎を撫でこすった。「彼のアトン信仰には軋轢が多かった。とりわけ高僧たちと。彼の死後権力闘争があったようで、それが王家に影響を与えたらしい。アクエンアテンの後継者は影の薄い人物で、僧侶出身のようです。彼がファラオに就いていたのは短期間で、そのあとツタンカーメンが王位を継いだ。むろん、ツタンカーメン王はほんの少年で年配の顧問の指導の下にあり、早々とアトン信仰を廃止した」

「最悪の政治的不正行為だ」ザイビグが言った。

「アピウム・オブ・ファラスってどういう意味なんでしょう?」サマーが訊いた。

「これはなかなか興味深い、もしも私の解釈が正しければ。ファラスは有名な古代都市にして城塞です。アピウムについては——まして効能については詳らかにしません。疫病に効いたのかもしれない」

「おそらく」彼女は言った。「ファラスに意味があるのでしょう」

「かなり有力」とスタンレーは応じた。「しかし、永遠に確かめようがないだろう」

「なぜならファラスの都というか、その遺構はナセル湖の底に沈んでいるから」

看護師が一行に別れを告げろと言わんばかりに、教授の昼食を持って部屋に入ってきた。ザイビグは写真を送るとスタンレーに約束をし、リキは数週間後にアマルナで会いましょうと彼に伝えた。

病院の外に出た一行は、乾いた熱風に見舞われた。

ダークはリキのほうを向いた。「ランチをする時間があるだろうか、飛ぶ前に？」

彼女はうなずいた。「一、二時間あります、空港へ向かうまで」

「私たち大学のキャンパスにいるので」サマーが言った。「近くにいいカフェがいっぱいあるはずよ」

彼らはキャンパスを貫く大通りに面した歩道を歩いていった。一行が脇道に近づきつつあると、一台の白いセダンが車の流れを横切ってタイヤを軋ませながら、彼らの横に停まった。車に注意を奪われていたので、ボールキャップにサングラスの男が自分たちの背後に駆け寄っていることに誰も気づかなかった。その男はピストルをザイビグの腰の窪みに押しつけた。「おい、車に乗れ」彼はザイビグを車のほうへ押しやり、くるりと振り返りピストルをほかの者たちに向けて振りまわし、身振りで後ろへ下がらせた。

ダークは車にちらっと視線を走らせた。ドライバーは左肘を曲げてピストルを支え、ダークのほうを狙っていた。彼が愕然としたのはピストルではなく、男のきっちり刈りこんだ黒い髭のせいだった。その男はアマルナで彼に手榴弾を投げつけた、まさにあの逞しい身体つきの男だった。

サマーも彼に気づいた。「ロッド、彼の言う通りにするといいわ」

ザイビグはまごつきながらドアを開け、後部座席に滑りこんだ。歩道に立っていた殺し屋は車に飛び乗り、ドアを手荒く閉めた。

車は軋みながら走り去り、ダークとサマーは同じ恐怖の色を浮かべて向き合った。それに、まったく同じ疑問を胸中に抱きながら。

なぜ殺し屋たちはアシュートまで自分たちを追いかけて、ザイビグを攫（さら）って行ったのだろう？

26

「警察に電話しろ」ダークは叫んだ。「俺は尾行できるかやってみる」

彼は駆けだし、街角を走り去る車を追いかけた。彼は通りかかる車を呼び止めることに望みを託していたが、くたびれた産業トラックが一台反対方向へ走っているだけだった。歩道の前方で、ヒジャブ（イスラム圏の女性の服装）姿の女性が赤いスクーターをバイクラックに停めているのが目に映った。

その若い女性は驚いた。ダークが走り寄ってハンドルバーを握りしめ、通りのほうへぐいとバイクを向けたのだ。

「悪いが……貸してもらうよ」彼は断った。「警察がいまにも駆けつける」彼は振り向いてサマーとリキを指さし、スターターを探した。

若い女性は彼に猛然と追いすがり、アラビア語でスクーターを返せと要求した。ダークはキーをひねりスロットルを回して飛びだした。彼女は十分近づけず、罵る（のの）しるのが精一杯だった。

スクーターは二〇年も昔の色褪せた赤いベスパで、まるで一〇〇年も砂嵐の洗礼を受けてきたような感じをあたえた。見掛けによらず、年代物が力づよくしっかり走ってくれたので、ダークはほっとした。

まるワンブロック先で、件（くだん）の白いセダンは一台のバスの後からロータリーに入ることを余儀なくされ、スピードを落としていた。ダークはスロットルを固定したまま、比較的空いた車の流れを縫って疾走した。セダンはロータリーに入り、最初の二つの出口を通りすぎ、大学の中央を伸びている脇道の一つに乗った。

ダークはロータリーを迂回し、一台の対向車を躱し鋭く左折した。その動きによって先行する車との差が六秒ほど縮まり、ダークは二〇メートル以内に接近した。

ダークが追走していることに気づいていないので、ドライバーは並木道をのんびり運転していた。追ってくるベスパの唸りを聞きつけてバックミラーに目を転じ、ダークが急速に接近しつつあることを知った。彼はアクセルを踏まずブレーキを踏みこみ、車を急激にバックさせた。

ダークは後退灯を目撃、スロットルをリリースし強くブレーキを掛けた。それでも近すぎた。車のトランクが彼に向かって驀進（ばくしん）してきた。彼は大きく右へ向きを変えた。車のバンパーがスクーターの後輪にまともにぶつかり、彼は横滑りで道を過ぎって大きな一本のスズカケノキのほうへ押しやられた。

ダークはスロットルを吹かし、ハンドルバーを引き起こした。ベスパは前方へ飛びだし、縁石を跳び越えて樹の横を突進した。そこでダークはブレーキを掛けたが、自転車の学生に衝突しないようにまた回避を迫られた。逃げ場がなかったので、彼は弾みながら歩道を横切り、ブーゲンビリアの茂みに滑りこんだ。鋭い棘(とげ)が何十か所にも突き刺さった。そのほかは無傷だった。ベスパは新たに数か所、擦り傷を歴戦の傷につけ加えられたが、短くアイドリングの音を発しながらその頑健さを誇っていた。

二人の学生が手を貸して、ダークを茂みから救い出した。

「傷は?」片方が訊いた。

「自尊心だけ」彼は言った。「ともかくありがとう」

ダークはスクーターをざっと見わたして飛び乗り、スロットルをひねった。セダンはすでに猛然と通りを走り去っていた。彼は歩道を横切って縁石を離れ、ワンブロック後ろからまた追走をはじめた。今回、ベスパは以前ほど協力的ではなく、バンパーフレームとぶつかった後輪がバタついた。

ダークはせいぜいスクーターをあやして速度を絞りだし、車を見失わないように努めた。セダンはキャンパスの向こう端にすでに達していて、その通りは〈灌漑運河(イブラヒミヤ)〉と呼ばれる水路に面した交差点で途切れていた。車は運河道路を右折して姿を消し、ナイル川へ向かった。

どこか遠くでサイレンが鳴り響いていた。ダークはサマーとリキが警察に車の正確な特徴を伝え終わっていることを願った。交差点に達した彼は、一台の平台トラックのためにスピードを落とすことを余儀なくされ右折した。彼はトラックを抜き去り、逃走する車を探した。

その姿はなかった。

彼はスロットルを絞ったまま、必死に周りを見回した。やがて車が現れた。車は彼の頭上を通過しつつあった。前方には環状の出口のランプがあって、運河を過ぎっている橋へ円を描きながら伸びていた。

ダークはランプへ向かった。弧を描いて橋に乗り移る際に、一筋の煙が目にとまった。白いセダンはタイヤをロックアップして、滑りながら縁石沿いに停まった。後ろのドアが勢いよく開き、ザイビグが押しだされた。後部座席に収まっていた殺し屋は、片手でザイビグのシャツを、もう一方の手でピストルを摑んで後から続いた。彼らはよろめきながら歩道に踏みだした。殺し屋が強く押したので、ザイビグはふらついて橋の手すりにぶつかった。

ダークが急いで接近していくと、殺し屋は体勢を立て直してピストルをザイビグのほうへ向けた。縁石の排水溝に近づいたので、ダークはベスパを歩道へ乗せ、男たちを目指した。

殺し屋がくるりと振り向くと、ダークが爆走して迫りつつあった。殺し屋はピストルを構えて撃とうとした。だが、自衛本能に駆られて、安全な車に飛びこもうとした。ほんの一瞬遅かった。

スクーターの先端が殺し屋の肩に喰いこみピストルを叩き落とした——それに、すんでのところで殺し屋の腕も。

衝突のためにスクーターは跳びあがり、横滑りした。ダークは空中に放り出されたが、辛うじてベスパにしがみついたまま、橋の欄干(らんかん)に打ちつけられた。彼がわが身を護るために、できることは一つしかなかった——激突した瞬間に、スクーターを放り出す。

ベスパがぶつかる瞬間、彼は左右の腕を離した。惰性で、ダークは欄干を飛びこえた。衝撃に備えて身体を丸めようとした。衝撃は来なかった。少なくともすぐには。

下の運河まで六メートルはあった。彼は水しぶきをあげて水中に叩きこまれた。

冷たい運河は肉体的ショックをすべて和らげてくれ、彼は腕を掻いて水面へ向かった。コンクリート造りの橋台目指して泳ぎ、その角にしがみついて息を整えた。方向感覚を取りもどすと、膝と肘の痛みを振り払って、いちばん近い岸目指して泳いだ。

運河の堤防では、ザイビグが駆けおりてきてダークを岸に引っ張りあげた。「だいじょうぶか？」

ダークはうなずいた。「もんどりうったが、見事に飛びこめた」

「十点満点だ。まったく神風ばりの動きだった」

「あいつめ、あんたを撃つつもりだと思ったが」彼は橋を見あげた。「彼らは消え失せてしまったのだろうか？」

「あんたに腕をもぎ取られそうになったので、彼は食らいつく気を失った。車の後部に這いずりこんで走り去ったよ。あのサイレンが効いたようだ、たまたま通りがかりの消防車が鳴らしたものだが」

「いずれにせよ、厄介払いができた」ダークは言った。彼らは通りへ上がっていった。

「私はあのドライバーに見覚えがある。彼は昨日、アマルナにいた。手榴弾を持っていた奴さ。彼らはあんたのなにを欲しかったのだろう？」

「分からん。奴らは私の携帯電話を奪い、そのパスコードを要求した。それだけ。依然として私は、財布は持っている。それに、無傷だ」

橋の後方にあるベスパの残骸を見つめて、ダークは首をふった。「女性たちを探しだせるかやってみよう」

彼らは歩いて戻り、キャンパスを横切り、まだ病院の外にいたサマーとリキを見つけた。彼女たちは到着したばかりのエジプトの警官と話をしていた。サマーはダークがびしょ濡れなのに気づき、思わず見直した。

ヒジャブ姿の学生の反応は異なっていた。「あいつよ。彼なの。彼よ、私のスクーターを盗んだのは」彼女はダークに向かって突進した。

ダークは飛びずさり、リキにぶつかってしまった。

彼女は声をあげて笑った。「あなたっていつもすごく異性を引きつけるのね」

ダークは両手をあげて警官に近づいていった。「ええ、彼女のスクーターを友人を救うために借りました。申し訳ない、壊れてしまいました。約束します、彼女に新しいのを買います」

警官は疑い深そうに話のやり取りに聞き耳を立てていた。若い女性はダークやほかの者たちが多少まとまった金をかき集めてわたすと、ようやく怒りを収めた。そこで警官は、ザイビグに拉致されたいきさつを訊いた。警官はそんな騒ぎなど毎度のことのような調子でメモを取り、滞在先を訊ねた。

「船です。しかし、明日アメリカへ発ちます」

警官は改めてメモを取ると引き揚げていった。

「彼からまた連絡があっても、息を飲むなんてことはありそうにないわね」サマーは言った。

「あまり大きな都市ではないから」ザイビグが言った。「警察は車の持ち主を突きとめるかもしれない。あるいは、どこか余所であの車に出会うかも」

「できれば、私たちはご免だわ……みんなまだランチに行く元気ある？」

ダークは湿った服を軽く叩いた。「服装に決まりがなければ」

彼らは数ブロック先のとある脇道のカフェでランチをすませ、船へ引きかえした。サマーが最初に乗りこんだ。彼女は操舵室を見て立ちどまった。彼女はほかの者たちを振り返った。その目はぎらついていた。「来客があったわ」

操舵室と調理室はまるで竜巻が通過したようだった。書類、備品、それに家具類があたりに散らばっていた。散乱は前方の船室三つにも及んでいた。どの部屋も掻き回されていた。妙なことに、みんなのラップトップは元のままだった。

「連中はなにを求めているのだろう？」ダークが言った。

「なにも無くなっていないようよ」サマーが応じた。「私たち盗まれるほどのたいそうな代物は持っていないけど」

「私には彼らが持っていった物が分かる」ザイビグが少し経ってから言った。「アマルナ出土のあの石の彫り物だよ」

徹底的に調べた結果、無くなっていたのはそれだけだった。

「連中はここまでわれわれを尾行(つけ)てきたに違いない」ダークは調査記録を床から拾いあげ、テーブルにひょいと載せた。

「墓から出土したほかの物も探しているのではないかしら」リキが言った。「あの彫り物は個人収集家にかなり高く売れるはずです」

「まさにそれだわ」サマーは目を剝きながら言った。「私たちまた地元の警察に報告しなければ」

ザイビグは溜息まじりに言った。「あなたの電話を使ってもらうしかないが」

「たぶん、その手間には及ばないでしょう」ダークが言った。「彼らはすでにわれわれから欲しいものをぜんぶ奪ってしまったから。だが、病院に電話してスタンレー博士の警護を頼む価値はありそうだ」

リキは腕時計で時間を確かめた。

「出発の時刻？」ダークが訊いた。

「そのようです」

ダークは彼女のバッグを陸におろし、彼女はサマーとザイビグに別れの挨拶をした。

「さんざんご迷惑を掛けて申し訳ありません」リキは言った。「エジプトは決して世界でいちばん安全な場所ではありません。教授と私は感謝しきれぬほどお世話になりました」

「きっと今後とも、彼に土を掘りかえさせてくださいよ、いいですね？」とザイビグは言った。「それが彼には最高のことだから。無事なフライトを」

リキは埠頭で待っていたダークと落ち合い、マリーナの山の手にある河岸の通りへゆっくり歩いていった。

「すぐエジプトへ戻ってくるのかな?」彼は訊いた。

「たくさん仕事がイギリスで待っていそうなので。あなたはどうなの?」

「ここの仕事はそろそろ店じまいだ。少し休養を取ってからつぎの計画に取りかかります。たぶん、国へ帰る途中で、寄り道ができるだろう」彼は黙りこみ、相手の反応を待った。

「素敵ね」

呼んであったタクシーが近づいてきたので、ダークはドアを開けて彼女のバッグを投げ入れ、リキをハグした。「近いうちにまた」

「ぜひ」彼女は背伸びして彼にキスすると、タクシーに滑りこんだ。車は遠ざかり、彼女が振り返るとダークが手を振っていた。

「空港ですね?」運転手が訊いた。

彼女はNUMAの船と埠頭が見えなくなるまで待った。

「いいえ」彼女は改まった口調で言った。「ラムセス・ホテルへやってください」

27

ピットは収集したクラシックカーの横を通って、空港格納庫の裏手にある螺旋階段を上った。階段は二階の居間に通じていて、駐機している航空機を見下ろしていた。居間に入っていった彼は、食卓が夕食のために優雅に整えられているのを見て驚いた。背の高い二本のローソクが二人分の食器の間で点(とも)っていて、その隣には栓を抜いた赤ワインが一本置かれてあった。

ローレンが台所から現れ、湯気の出ているポットをテーブルへ運んできた。オーブンミットを外すと両腕をピットにからませ、ながながと彼にキスした。

「ぴったり時間通りね」彼女は目を煌めかせながら言った。

「なにか特別な謂(いわ)れでも?」

「明日、私スコットランドへ発つの。留守をするので申しわけないわ、あなたはまだデトロイトでお仕事中だと思うので。それに、カレッジパークでの騒動の後なので、寛いだ食事がよくはないかと思ったの」

「当方に異存はなし。夕食はなんだろう?」

「ブイヤベースよ。ジュリアン・パールマターのレシピを使ったの」

「それなら美味いはずだ」ピットは赤ワイン、シャトーヌフ・デュ・パプを注ぎ、ローレンは地中海シーフードのシチューを盛りつけた。

「この旅がいいかどうかさえ自信がないのだけど」ローレンは一緒に食べはじめながら言った。「エバンナ・マキーから招待の電話をもらい、行かないと悪いかなと思ったものだから。出席してくれと拝まんばかりだったの」

「彼女は確かに強引だな。情報網づくりにはよいのでは。ほかに取りえはないとしても」

「そうだけど、それは私にはあまり意味がないわ。あの女性にはなにか奇妙なところがある。具体的にどうと言えないのだけど。彼女はひどい知りたがり屋で、私を相手に物当てクイズをするの」

「どんなことを知りたがったんだね?」

「彼女は訊いたわ、私が勤めている各種委員会や、ブラッドショー上院議員その他の重要な国会議員たちとの関係について。それに、私の政治家としての願望についても詮索(せんさく)ばかり」

「君の政治的願望?」

「私は笑い、なにもないと言ったわ。マキーは私の経歴のほうに関心がある、私そのものより。ほかにどんなことを知りたがったと思う？　彼女ったら、大統領になる気があるかって訊いたのよ！」

「君はなんと答えたの？」

「大統領職を務めるのは名誉なことと思うが、その地位を勝ち取るための選挙戦をやってのける気は毛頭ないと答えておいたけど」

「気が利いている」

「彼女は、さらにいろんな土地の人の名前をならべたてて、私の身分を高めるために喜んで協力すると買って出たわ。あなたどう思う？」

「女性たちを指導的な立場に押しあげるのが、明らかに彼女には重要なんだ」ピットは言った。「彼女は自社製品をアメリカに導入するために、協力者を求めているようだ。あるいは、君がワシントンでかなりの影響力を持っているのを見てとって、君が自分のクラブの一員になるのを望んでいるのだろう」

「たぶん、あなたの言う通りでしょう。それに彼女は、NUMAの仕事にも詳しいようで、あなたに関する質問攻めにあったのよ」

「彼女はなにを知りたいのだろう？」

「デトロイトのプロジェクトや、あなたが関係したほかの水中作業について質問したわ。あっ、それにエルサルバドルについて訊いたわ。さらに、あなたがあそこへ戻るつもりかどうか」

「エルサルバドルへ戻る?」ピットは椅子に深く座り直し、その質問について考えた。「セロン・グランデ貯水池の水のサンプルの一本は、彼女の会社の一つに所属するある科学研究員に送られることになっていたのだが」

「それは妙な話ね」ローレンは言った。「友人の環境ロビイストから聞いたのだけど、二、三面白い話をしていたわ。彼女はマキーを個人的には知らないけど、マキーの会社で働いている何人かと親しい。彼女に話した。彼らは自分たちが少し以前に中東で行った浄化プロジェクトの一つについて、彼女に話した。彼らが言うには、会社の製品を用いた人間の何人かがひどく体調を損ねて、数人命を落としたそうなの。それはすべて、突発性インフルエンザのせいにされてしまった」

「あの会社がNUMAに提供した生物学的環境修復剤は完全に安全だった」ピットは言った。「とはいうものの、世界のほかの地域でなにが用いられていたかは知りようもないが」

「EPAはあの会社にデトロイトでの使用許可も与えている」ローレンは言った。「もう一つ友人が言ったのだけど、バイオレム・グローバル社で働いているある上級研究員が不慮の死を遂げたそうよ。最近、どうやら自動車事故で命を落としたらしいのだけど」

「気の毒に」ピットは言った。「しかし、ままあることだ」

「ええ。だけど友人は言っているの、事故ではないという噂が立っていると」

「殺された？　なぜ？」

「そう私も訊いたの。彼女は彼らが踏みこんだ研究のある秘密の分野と、なにか関係があるのではないかと考えている」

ピットはその見方について、グラスのワインを回しながら考えてみた。

やがて二人は食事を終わり、皿を洗うと居間へ戻った。

「荷造りをしなくちゃ」ローレンが少し経つと言った。「スーツケースを取ってきてくれない？」

ピットは間もなく大きなスーツケースを二つ運んでもどってきた。

「一つだけでいいのに」ローレンが言った。

「もう一つは僕のため」

「どこへ行くの？」

「スコットランド」ピットは曰くありげな笑いを浮かべて言った。「じかに、バイオレム・グローバル社の研究所本部とその知りたがり屋の最高責任経営者を訪ねてみたいんだ」

28

「彼女、よさそうな人ね、少しおとなしいようだけど」サマーが船に戻ってきたダークに話しかけた。

「ああ、リキの頭は出来がいい」

「まるでそこにしか関心がないみたいな口ぶりね」

「君がなんのことを言っているのか、さっぱり分からん」

ザイビグがソナーの記録を腕にいっぱい抱えて調理室から現れた。「もしもリキがスタントマンのイーベル・ニーベル並みの無茶なスクーターの乗り方の結末を目の当たりにしたなら、彼女はおそらくもっと早く彼の許を去ったろう」

ダークは首をふった。「さっきも言ったように、あんたらがなんのことを言っているのか、さっぱり分からん」

「大学が船を明日返してもらいたがっている。できればあれこれ面倒なことなしに」

ザイビグは言った。「われわれの器具の整理を手伝ってもらえるだろうな、私は記録を整理する」

「喜んで協力させていただきます」ダークは妹の凝視を躱した。

夕方の早い時間までに、彼らは船の整備を終え、ソナー器具を本国へ送りだす荷造りをすませた。川の沖から吹きこむ爽やかな風が調理室を満たし、ザイビグはよく冷えた水のボトルを持ってベンチにどさりと腰を下ろした。サマーがラップトップに向かってそばに座っていると、そこへダークがあらわれた。

「ほぼ片づいた」ダークは左右の腕を伸ばしながら言った。「あとは個人の持ち物を詰めるだけで、明日の朝には出発だ」

サマーはコンピューターから顔をあげた。「私たちが話した、あのエジプトの警官と連絡が取れたわよ。船と紛失した石のことを知らせておきました。彼はこの件を報告書に書き加えると言っていたけど、写真がないのでたいしたことはできないでしょうね」

「いまや、ロッドの携帯電話と共に去りぬ」ダークが言った。

ザイビグは水のビンを手に考えこんだ。「そうと決めたものでもなさそうだ」

「どういう意味？」サマーが訊いた。

「われわれがアマルナを去る前に、あの墓の何枚かの写真をＮＵＭＡの考古学データベースに送ろうとしたことがある。しかし、電話信号が利用できないことを忘れていたので、送られずじまいになっている」

「だが、送られているかもしれない」ダークが言った。「われわれが今朝アシュートに着いた時点で信号が発生して」

「それを私も考えていたんだ。サマーの石の写真を何枚か加えたことには、かなり自信がある」

「もしも送られているのなら」サマーが言った。「ハイアラムがきっと見つけてくれるわ」彼女は腕時計を見た。「午前十一時を過ぎたばかりよ、ワシントンでは。彼に調べてもらいましょう」

彼女はキーボードを叩き、NUMA本部宛のビデオコールをはじめた。数度呼び出し音が鳴り響き、人の映像が現れた——細身だがよく引き締まっていて、長いポニーテイル姿で、デレク・アンド・ドミノスのT‐シャツを着ていた。彼は半円形のテーブルに向かって座っており、背後は大きなビデオボードに囲まれていた。

「リビングストンか？」彼は訊いた。

「いいえ。ピットです。ピットとザイビグよ」サマーはラップトップの向きを変えて、ほかの者たちが写るようにした。「ご覧の通りです」

「河畔をうろついているわれらが仲間の調子はいかが？」

「暑くて、埃っぽいし、冷たいビールが欲しいわ」

「そりゃお役に立てそうにない」

「実は私たち、雲を摑むような件で助力を求めているの」彼女は石板と墓の発見、それがもたらした一連の事件、それにザイビグの幻のフォト・アップロードについて話した。

ハイアラム・イェーガーはサマーを見つめてうなずいた。「よかった、こうしてみんな無事で。ダウンロードの件だが、そんなのお安い御用だ」彼はコンピューター・コンソールのほうを向き、キーを叩きはじめた。

イェーガーはNUMAのコンピューター処理センターの責任者を務めていた。ヒッピースタイルをしていたが、だらしのない男ではなかった。彼は独力でNUMAのコンピューター資料センターを、大手の情報組織のそれに匹敵する存在にまで育てあげた。最新鋭のスーパーコンピューターは同センターの処理能力を駆使して、世界の数千の地点での海流、水温、海棲生物、気象状況を整理分類、さらには分析する。サマーがふと気づくと、イェーガーはすでに大きなビデオボードにナイル川から見たアマルナの一枚の写真を映しだしていた。

「これだろうか？」彼は訊いた。「サーバーのあるファイルで見つけたのだが。十時間ほど前に送られたロッドの考古学データベースで。収められているのはJPEG画像ばかり」

「それだ」ザイビグはテーブルを平手で叩きながら言った。「お見事、ハイアラム。ファイルを順に映しだせるだろうか？　白い石板の写真が一ないし二枚あるはずなのだが。サマーがあの川から引き揚げたんだ」

イェーガーは調査船、ナイル河畔、それにソナー記録を収めた何十枚もの写真をめくっていき、サマーが水中からなにか品物を手わたしている写真を見つけた。つぎの一枚は石板を大きく映しだしていて、まだ川から上がったばかりで濡れていた。

「それよ」サマーが言った。

イェーガーからさらに知らせが送られてきた。「いまあなたたち三人宛にｅ‐メールを打ったところです」

「ハイアラム、あなたが起動している間に」ダークが話しかけた。「マックスにこれをどう思うか訊いてもらえないだろうか？」

「いいとも」とイェーガーは応じた。「任せてくれ、化け物を呼び出すから」

ビデオボードに、目の覚めるような美人が不意に現れた。タイトなブラウスに短いスカートを身につけていた。自分の妻に似せたホログラフの映像マックスは、イェーガーが複雑なコンピューターネットワークのために、利用者に親愛感を持ってもらう目的で創ったインターフェースだった。

「おはよう、ハイアラム」映像は蠱惑（こわく）的な声を掛けた。「今日はお友だちがいらっしゃるの？」

「そうなんだ、マックス、エジプトにいる友だちだよ」彼はビデオに映っている一行を紹介した。

「いつもながら、知的な人たちとお話ができるって楽しいわ」彼女は自分の生みの親のほうを向きウインクした。「お役に立つにはどうしたらよろしいのかしら？」

「この石板の写真を見てくれ、サマーが古代都市アマルナの外れのナイル川で回収したのだが」イェーガーは答えた。「それに関する君の見解はどうだろう？」

マックスは写真を見つめた。その間も、コンピューターは写真を走査して内蔵する資料と対比し、世界中の十指にあまる学術機関および個人の調査データを調べあげていた。数秒後に、彼女はにこやかに笑みを浮かべた。

「おめでとう、サマー」彼女は話しかけた。「あなたはとても古く、極めて珍しい発見をなさったわ」

「ただし、その後盗まれてしまったの」とサマーは応じた。「どんなことがお分かり？」

「結論づけることはできないけど、この石板は雪花石膏（アラバスター）でできているようで、上エジプトの数多い砂漠地帯によくある石です。傷んではいるものの、明らかに太陽の表象が認められるし、ファラオ・アクエンアテン統治時代のアトン神を表わす様式がとられています。ですから、新王国時代の第一八代王朝の期間、おおよそ紀元前一三五〇年ごろに彫られたようです」

「まさに私たちの望んでいた通りだわ。アマルナで見つかったんです。象形文字を解読できますか?」

マックスは鼻にしわを寄せた。「これは大きな石板か記念碑の一部のようです。全文はそろっていないため、翻訳できるのは視認できる部分だけですが、多少判然としません。ご覧の通り、象形文字は二つに分かれています。左側には、直立した楕円形の中に表象がならんでいます。これは一般的な装飾枠で、皇族を特に意味します。この場合、王女メリトアテンを指します。ファラオ・アクエンアテンとその妻ネフェルティティの長女です」

「彼女はアマルナに埋められたのだろうか?」ザイビグが訊いた。

「いいえ。アマルナに現存する境界碑――マーカー――は、墓がアクエンアテン、ネフェルティティ、それにメリトアテンのために用意されたが、使用された例はないと述べています。アクエンアテンのミイラはごく最近、王家の谷のKV55号墓の主と似ていると確認されました。メリトアテンの墓やミイラは見つかっていません」マックスは答えた。「その理由は、石板の残りの碑文が説明してくれるかもしれません」

「続けたまえ」ハイアラムが言った。

「二番目の部分は、アトン神への献辞ないしは慰撫で、汚染されたナイル川のために死亡したファラオやほかの人たちを追悼して捧げられたものです。王女メリトアテンは、父の死に居合わせておらず、オサという人物に協力したことで非難されています。少なくとも、オサとは彼の名前の最初の部分でしょう。そこで、石が欠けてしまっているので。以上です、私が視認できる象形文字から解読できるのは」

「かなりドラマチックね」サマーが言った。「〝ツタンカーメン王、ここに眠る〟類のことを期待していたのだけど」

「これは病める川がもたらしたアクエンアテンの死にまつわる重要な記録だ」ザイビグが指摘した。

「あの壁画やスタンレー博士が話していた疫病と関連がありそうだ」ダークが言った。

「マックスが墳墓のあの壁画をどう読み解くかやってもらおう。ハイアラム、ロッドの写真をあと何枚か映しだしてもらえないだろうか？」

黒っぽい写真が数枚、スクリーンに現れた。

「それだ。そこで停めてくれ」ザイビグが言った。「それが壁画全体のいちばんいいショットなんだ。その後、撃ち壊されてしまったが。マックス、この映像からどんなことが分かるだろう？」

マックスはビデオボードに目を凝らしているようだった。その間にも、後方の部屋のコンピューターは映像を静かに迅速に処理していた。

「エジプトのほかの墓所に引き換え、この壁画は墓だけを取りあげています」マックスは知らせた。「死者が描かれています。幼い男の子で、来世への旅の途中です。ファラオを通じて、アトン神にその子どもの来世への旅を見護ってくれるよう祈願が行われています」

「ハリソン・スタンレー博士の解釈も同じだったわ」サマーが知らせた。「右側の絵姿は、皇族の娘がエジプト脱出に先立ってアピウム・オブ・ファラスというなにかを分け与えているところだ、と彼は示唆していたの」

「ええ、この象形文字の欄については私の解釈も同様です。この絵柄はナイル河畔の瀕死の子どもたちを現わしているようで、皇女の背後に配置されている」

「なにかほかに、明らかな情報はありませんか？」ダークが訊いた。

壁画のその部分が瞬時に、マックスの背後のビデオボードに拡大された。彼女はスクリーンを背にしていたが、まるで映像をすでに検討ずみのように情報を伝達した。「二つの銘刻が、拡大されたので辛うじて見てとれます」とマックスは言った。「船の上の女性は袋を岸辺に手わたしていて、ブレスレットには渦巻装飾が施されています」彼女は写真がまた拡大されて女性の手首に焦点が絞られると、一瞬ためらった。

「渦巻装飾に刻まれた象形文字は〝メリトアテン〟と読めます」

「また、メリトアテン。石板と同じように」サマーの声には驚きがこもっていた。

「彼女のそばにいる男性二人の身許に関する手掛かりはなにかあるのかしら?」

「まったく見当たりません。彼らの服装は労働者のありふれたものです」

「王女メリトアテンは、アマルナでは注目を引かなかったようだ」ザイビグが言った。

「マックス」ハイアラムが呼びかけた。「君は小さな銘刻を二つ見つけた、と示唆していたが。二つ目はどんなものなのだろう?」

「それはメリトアテンが持っているバッグについている刻印です」マックスは答えた。

「〝ファラス〟と記されています」

「アピウム・オブ・ファラス」ダークは口走った。「なにか思い当たるだろうか、マックス?」

「たいへん治癒力があるといわれています。ファラスは上エジプトのヌビア地方の行政センターです。あの城砦に囲まれた都市(まち)には、重要な神殿が一つあります。ファラスの神官たちは医術力で知られています。ツタンカーメン王は神殿を一つ、彼らと彼らの有名な生薬に寄進した。数世紀後に、キリスト教の重要な大聖堂があの都市に建てられ、一九六〇年代には、アスワン・ハイダム建設によりあの一帯が水没するのに先立ってその聖堂が発掘されました」

「そのツタンカーメンの神殿は水没前に、エジプトのほかのいくつかの記念建造物のように移築されたのだろうか？」

「いいえ。神殿と聖堂は冠水前に移転されませんでした。おそらく、傷みがひどかったせいでしょう」

「マックス、その神殿の正確な場所は分かるだろうか？」ダークは訊いた。

「ええ、一九〇三年に現地で行われたイギリスのある発掘隊の報告に基づき補足することはできます」彼女はＧＰＳ座標を提示した。「油断なく、クロコダイルに気をつけてくださいよ」

「ありがとう。それに、改めてありがとう、ハイアラム。あなたは世界各地のエジプト考古学者のために有益かつ貴重な情報を保存している」

「どういたしまして。必要な時には、ここに居りますので」

マックスとイェーガーはスクリーンから消え、サマーは通信を切った。彼女はｅ‐メールを開き、ザイビグが撮った無傷の壁画の写真を取りだした。

「素晴らしい絵姿だわ」彼女は言った。「興味深い女性の」

「彼女の話をあますところなく知りたいものだ」ザイビグが言った。

「どうもしっくりこない」ダークが切り出した。「古物泥棒たちがアマルナの墓に興味を持つことや、さらには、人工物欲しさにわれわれの船を掻き回すのは分かる。だがどうして、身許が割れる危険を冒してまで、ロッドの携帯電話を盗んだのだろどこかの時点で写真に収めたと思ったのだ」

「ありうるわ」サマーが言った。「私が思うに、彼らが本当にこだわっていたのは、本来の姿の壁画だったんじゃないかしら」

「たぶんそうだろう」とダークは応じた。「誇り高い墓荒らしなら、純金の戦車を残していったりはしないのでは？」

「すると問題は、壁画の中の王女メリトアテンの絵姿のなにがそんなに大事なのかになるけど？」サマーは写真の片隅を拡大し、船の上の王女に焦点を絞った。

「重要なのは、王女ではなさそうだ」ダークが言った。「肝心なのは彼女が抱えているものらしい」

「アピウム・オブ・ファラス？」

ダークはうなずいた。

「ある種のただの薬草のように見えるが」ザイビグが言った。「いったいなにを現わしているのだろう？」

「たぶんなにも」ダークは言った。「突きとめる方法が一つある」

サマーは渋い顔をした。「マックスは言っていたわ、神殿はナセル湖の底に沈んでいるって」

ダークは妹に微笑みかけた。「いつから水溜まりを恐れるようになったんだ？」

29

水溜まりといっても、ナセル湖の場合、貯水量は一六〇立方キロメートルに近い。一九〇二年のアスワンダムの建造によって誕生し、一九七一年にアスワン・ハイダムによって補充されたナセル湖は世界最大の人造湖であり、上エジプトの都市アスワンからスーダン北部の砂漠まで五〇〇キロ近く延びている。

サマーはプロペラ推進のコミューター機の窓から外を覗き、黒っぽい水の広がりを観察した。湖岸は砂漠の砂地に、曲折しながら毛細血管さながらに喰いこんでいた。湖を囲んでいる過酷な不毛の荒地には、生命の証(あかし)らしきものはほとんど見当たらなかった。

彼女はダークのほうに身を乗りだした。「この湖は大きいわね。もう三〇分以上も上空を飛んでいるわ」

「こっちは深さのほうに関心がある」ダークはアスワン・ハイダム完成前の、ヌビア地方における考古学発掘調査報告書に顔を埋めていた。「場所によっては、深さが一八〇メートルもある」

「もしもそれがファラス周辺の情況なら、私たちロッドを追ってカイロへ行き、D.C.へ飛ぶべきだわ」

「嬉しいことに、ファラスはダムからずっと離れている。ファラスは貯水湖のスーダン領に近く、ヌビア湖と呼ばれている。あそこの最大水深は一三〇メートルそこそこで、平均値は二四メートル前後だ」

「平均値を信頼するわ。マックスが指定した場所は湖のどこなの？」

「中央回廊の近くなんだ、まずいことに。アブシンベルの南一九キロほどの地点にある。水位は絶えず変わるので、現地に着くまで水深は分からない」

　飛行機は少し後にアブシンベル空港に降着し、ダークとサマーは大勢の旅行客の後から焼けつくタールマック舗装のエプロンに降りたった。彼らはバッグを回収し、二台の観光バスの横を通りすぎて風雨に苛(さいな)まれたタクシーを呼び止めた。五分足らずで埃っぽい村を走り抜けて、湖岸のひび割れたコンクリートの桟橋に着いた。微笑みを湛え口髭を蓄えた、白い服に身を包んだ男が、オープントップの小型モーターボートの横で待っていた。

「ミズ・ピット？　オジー・アクマダンです、アブシンベル・インの経営者の」彼は走り寄りサマーの手を握った。「あなたが電話で予約してくださった船の用意はすっかり整っています。ガスは満タンです。潜水タンク二つは今朝届いています」

「ご親切に、私たちをここで出迎えてくださって」

「湖上での一日をお楽しみください。船はここに戻してくだされば結構です。ホテルはかっきりツーブロック先です」彼は道の行く手を指さした。「お二人のために、今夜二部屋用意してあります。荷物をお預かりしましょう、桟橋のすぐ外れに車を置いてありますので」

「ありがとう」彼女は言った。「後ほどお目にかかります」

ダークは二人の潜水用具をボートに積み、船外モーターを起動した。サマーが繫留索を解いてボートに飛び乗り舳先の座席につくと、ダークはボートを小さな入江の外へ導いた。

彼はわずかな間、ボートを北へ向けて東岸沿いに走らせ、エジプトを象徴する最も代表的な場所を眺めた。湖水に面しているのはアブシンベル神殿で、ファラオ・ラムセス二世の巨大な坐像四体が祭られていた。

「じかに見ると、とても感動的」サマーが彫像の大きさを、その足許をアリのように蠢(うごめ)いている観光客たちと見くらべながら言った。

「同様に感動的」ダークが言った。「いずれの彫像も一九六〇年代に本来の場所から、ほかの二、三の重要な神殿や記念碑的建物と一緒にここへ移築されたのだから。さもなければ、アスワン・ハイダムに埋没してしまったのに」

「残念だわ、ファラスの神殿が犠牲の一つになったのは」

ダークはボートを南へ回し、スロットルを開いた。アブシンベル神殿を離れて、彼らはスーダンへ至る全長八〇キロある湖の水路に入っていった。

ダークは潜水バッグに手を伸ばして、アシュートで買い求めたGPS装置を作動させた。彼はすでにマックスが用意してくれたファラス神殿の座標の中に入っていたので、二〇キロほど前方の場所を目指して針路を取った。ボートは波に弾みながら進み、サマーは二人の潜水用具を寄せ集め、借り物の潜水タンクが満タンであることを確かめた。

指定された場所には三〇分ほど経つと着いたので、ダークは座標軸の上にボートを停め、サマーは舳先から錨を下ろした。彼女はロープが両手を滑り落ちるに任せながら、出ていく長さを計った。ロープが緩むと耳型繋索台に結わいつけ、ダークのほうを向いた。「水深二三メートルほどのようよ。ついているわ」

「本当についているなら、神殿の欠片が見つかるだろう」

水面の温度は三〇度近かったが、水底ではかなり涼しいはずなので、彼らは薄手のウェットスーツを着こんだ。タンクを装着する前に、ダークは潜水用バッグから一枚の紙を取りだしてサマーに見せた。

「ハイアラムは一八九〇年代の手描きのファラスの図面を見つけた。それは神殿の構造を示している。建物の材料の大半は再利用のために解体されてしまっているが、いまなお神殿と有名な聖堂の壁の残骸は残っている。神殿をとり巻いていた城砦はすこぶる大きな建物だった。その残骸は広大のようなので、目撃することができそうだ。神殿は城砦のいちばん北の隅にあって、そこに小さな聖域が収まっていた」

サマーは線画を検討してうなずいた。「このおかげで、藁の山の中の一本の針以上の物を与えられたわ。もしも神殿と聖域の場所を突きとめられたら、つぎにはツタンカーメンの聖堂とそこにあるファラスのアピウムについての説明書きを見つけましょう」

「昔のイギリスの考古学者たちは、その説明書きが聖域にあるとしている。マックスがそのそばへわれわれを導いてくれるか、当たってみよう」

ダークが大きな海中電灯を摑み、サマーが水中カメラを浮力調整器に留め終わると、二人は船縁から水中に跳びこんだ。ウェットスーツのせいでボートの上で汗をかいていたので、生ぬるい水にほっと一息ついた。彼らは繫留索に集まり、湖底目指して降下をはじめた。

淡水湖の視界はよかった。予測通り、湖水は降下中に変温層を超すと冷たくなった。ダークは錨が柔らかい沈泥の中に埋まっているのを見つけた。彼がそのうえで漂いながら周りを見回していると、サマーが彼に加わった。

湖底は周辺の砂漠同様にほぼ不毛だった。徘徊する三匹のパーチを辛うじて引き寄せるほどの植物しかなく、わずかながらコケに覆われた岩を齧っていた。

茶色の湖床の表面は、空に向かって立ちあがっている鋸歯状の岩の露頭によって、ところどころ断ち切られていた。ダークは気落ちした。あたりを見わたしたところ、人工物らしきものはまったくなかった。

サマーが彼の腕を軽く叩き、露頭の一つを指さした。ちらっと見たところ、ほかと同じように雑多な玉石の集まりのように思えた。ダークはそこへ近づいていくうちに、サマーがその石の塊を指さしているのではないことに気づいた。彼女が指し示していたのは、そのすぐ先にある湖床の突起物だった。

わずか三〇ないし六〇センチほど突き出ているだけだったが、線状に六メートル近く横に延びていた。ダークは片手で上部を掃き、分厚い沈泥を払いのけた。水が澄むにつれて、焼きあげたドロ煉瓦の層が湖底に見てとれた。それは城壁の描写と一致していた。ダークはサマーに親指を立てて合図した。

彼は城壁のほうへ向きなおり、煉瓦の表面に片手を押しこむと肘まで埋まった。アスワンダムからこれだけ離れているのに沈泥はつもり続けて、古代都市の遺構を蓋いつつあった。そのために、彼らの探索はずっと難しくなりそうだった。

彼らが壁面の残骸を西へたどって角を曲がると、おぼろげな隆起が北へ伸びていた。その隆起を追っていくと東へ折れた。ダイバー二人は二メートルほど浮上して、城壁を広く俯瞰した。またまたサマーが、二人が探していた物を見つけた。北寄りの少し前方に、沈泥から丸い物体が突き出ていた。円柱の残骸だった。サマーは泳いで近づき、沈泥を一五センチほど払いのけ、縦溝を施されたその表面を露わにした。城塞は機能を重視して建造されているのに対し、装飾を施された円柱はいかにも神殿の一部らしかった。

発掘の記録には、神殿の広さは五六×二六メートルと記されてあった。城塞とは異なり、明確な仕切りの壁はまったく残っていなかった。北へ泳いでいくにつれ、円柱の柱脚が数本見えてきた。そこは神殿の中央中庭だった。そうした柱脚を追っていくうちに、二人は石壁の低い部分の前に出た。その先にはさらに柱脚がびっしりと寄り集まって横たわっていた。

もう疑う余地はなかった。折れてかたまり沈泥に埋もれている円柱の部分は、神殿の本堂の素描と一致した。彼らは円柱の断片の上をゆっくり泳いだ。まるで沈泥から突き出ている恐竜の歯のようだった。そのすぐ先は、古代の神殿の聖域だった。

彼らは聖堂を泳いで通りすぎながら、行く手に神殿の記念碑的建造物が見つかることを期待した。ところが二メートルほど前方に現れたのは分厚い石で、聖域の裏手を形作っていた。その内部には、記念碑的建造物があったはずだが、砂と石ころしかなかった。

歴史的な記述は、神殿の石造物の大半は後の記念碑的建物の建造のために持ち去られたと述べている。しかしながら、例の素描は小さな壁龕（へきがん）一つと壁面は一八九〇年代まで存在していたことを示唆していた。その時点では、聖域の中心部はまだそこにあったのだ。

湖底に滞在する時間には制約があるので、サマーは囲いの上をすれすれに移動しながらあらゆる石と突起物を記録にとどめた。ダークは聖域の南東の一隅に焦点を絞った。これといった建造物は沈泥から突き出てはいなかったが、多柱式ホールの隣の平らな突起が気にかかった。

彼が腐葉土に片手を滑りこませると、二〇センチほど下で滑らかな石板に触れた。その石板に左右の腕を押しこみ沈泥を掻き分けると、汚らしい土煙が沸き立った。じっと佇み、エア調整器が発する自分の息使いに耳を澄ましているうちに水の濁りが消えた。彼は身を乗りだして、露出した石板を見つめ微笑んだ。深く刻まれた一列の象形文字が、石板の鋸歯状の底辺沿いに伸びていた。

ダークはサマーに手を振ると、分厚い沈泥に真剣に取り組んだ。サマーは反対の端から作業に加わった。濁った水煙が二人を包みこんだ。やがて潮流が水煙を攫（さら）っていき、二人は自分たちが発見した物を目の当たりにすることができた。

それは厚さ一五センチの赤い大理石で、長方形で長さは三メートル、表面は丸みを帯びていた。エジプトの伝統的な様式で彫られた石碑で、現代の墓石に似た形をしていた。その鋸歯状の基底部はそばにある土台と嚙み合うので、それが聖域の壁龕から転げ落ちたことを示唆していた。それが落ちた時に石板はいくつにも割れ、神殿のほかの石造建築を荒らした者たちには無用の代物となったのだ。

その依然として磨きたてられた石板の表面を覆っている象形文字は、ダークやサマーにはまったく解読できなかったが、古の記録を掘り起こしたときめきに彼らの胸は高鳴った。ダークは手を添えて碑文をなぞった。文字はいまなお画然としていた。サマーはカメラを取りだし、モニュメントの上で漂い感嘆しながら見入った。彼女が写真を撮りはじめた時、二人はくぐもった轟きを聞きつけ、震動を感じた。

彼らは顔を見合わせ、湖床を見わたした。音源は遠すぎ、その方向を割りだせなかった。だが、人工の響きがあった。

ダークは南を向き、水中の遥か上方に小さな揺らめく灯りを認めた。明るい物体が水面から下りて来た。それは揺れながら湖底へ向かい、柱廊の中庭のすぐ向こうに落下した。彼はその物体を恐怖と確信をもって確認した。

それは彼らの錨を下ろしたボートだった。

30

一発の手榴弾のためにボートは沈んだ。少なくともダークにはそう思えた。小さな船の舳先近くに拳大の穴が開いていて、その真ん中から幾筋もひび割れが走っていた。黒焦げの跡や榴弾の細かい傷跡が穴の回りに散らばっていた。前方の座席は吹きとばされてしまい、一本の金属製のピンで船縁からぶら下がっていた。

サマーは船尾板に取りつけられている船外モーターとガソリン缶を指さした。二つとも元のままで、爆発が事故でないことを暗に物語っていた。

湖底にいる時間が切れてしまったので、彼らは浮上するしかなかった。ダークは湖面を指さし、指を三本立て、それを崩してゼロを描き、つぎに片手を平らに振った。サマーはうなずき、脚鰭を静かに蹴って上昇した。

水深一二メートルで、浮力調整器のエアを噴出させて浮上速度を落とし、三メートル上昇してから水平姿勢を取った。ダークが隣に現れた。

二人は湖面下のたっぷり深い場所にいたので看破される恐れはなかったし、待ちかまえている船がいるなら十分近いので見届けることができた。一隻の船が、彼らの真上に浮いていた。

船腹が白いこと以外、下からなのでダークはあまり見当をつけられなかった。船上に立っているのが誰であれ、二人をカクテルとオードブルで歓迎するためにいるわけではない。彼は船の下側を観察しているうちに、手前側に二つの物影を捉えた。

それは自分たちの気泡だった。訪問客たちは彼らの呼気を目撃し、彼らが浮上するのを待っているのだ。

ダークはサマーのほうを向き、身振りでそこにいろと伝えた。彼は浮力調整器からさらにいくらかエアを放出し、ハーネスを外してタンクと共にサマーにわたした。彼は身振りでいくつか指示を出し、彼女がうなずくのを待った。ダークは妹の灰色の目に気遣いの色が読みとれたのでウインクして見せた。ウェイトベルトを外して湖底に沈むに任せ、彼はエア調整器から最後の息を吸った。調整器を口から離すとサマーからゆっくり離れ、泳いで湖面へ向かった。

真っすぐには浮上せずに、ダークは船の中心とそれが投げかけている物影を目指した。彼は泳ぎながら息を吐いたが、ゆっくりと最小限の泡しか放出しなかった。船の影が頭上に迫ってきたので、彼は腕を伸ばして船体に触れた。アイドリング中のモーターからは十分離れていた。ゆっくり反対側に回り、頭を湖面のすぐ上に出して一息吸った。何人かの低い声がデッキを過ぎり、それに叫び声が続いた。

サマーのタイミングはどんぴしゃりだった。三〇数えて、彼女はダークの調整器からエアを噴出させ夥しい気泡を送りだした。つぎに、浮力調整器の出力を最大にして手を離し、それが気泡を追って浮上するのを見つめた。

ダークはマスクと脚鰭を引き剝がすと船縁から身体を引っ張りあげ、さっと船内を覗きこんだ。男が二人、反対側の手すり越しに水中に目を凝らしていた。一人は小型の攻撃用ライフルを構えていて、もう一人は湖水を指さしていた。浮力調整器が水面を破った瞬間に、殺し屋はひとしきり発射した。

銃声に紛れて、ダークはキャビンクルーザーに乗りこみ猛然とデッキを過ぎった。彼は左右の肘を前に突きだして突進した。殺し屋はその動きを察知した。彼が向き直る前に、ダークの両方の肘が彼の背中の上部を強打、彼は前方に突き飛ばされた。銃を抱えていたので、殺し屋はバランスを取る間がなかった。左右の膝が手すりに突き当たり、彼は船縁越しに転げ落ちた。

ダークは後ろへ飛びのいて足場を取りもどそうとしたが、胸板を掠める一撃を食らった。彼は顔をあげて二番目の男に笑いかけた。彼のパンチは平滑なウェットスーツのために表面を滑ってしまったのだ。ダークは相手の男に気づいた。彼はアシュートで、乗っていたバイクのベスパで衝突した相手だった。いまや彼は右腕を三角巾で吊っていたが、それを投げ捨ててクロスパンチを繰り出した。

ダークはサイドステップしてそのパンチを躱したが、相手は突進してきた。彼はダークに抱きついて両腕を押さえこみ、船外に突き落とそうとした。

数センチ向こうでは、一対の船外エンジンが唸りをあげた。操舵室内の姿の見えぬパイロットがスロットルを前に倒したのだ。

彼らの足許のデッキが持ちあがり、プロペラが水中に沈みこんだ。取っ組み合いの最中でバランスを取れないままに、二人とも後ろへ転がっていき、片方のエンジンハウジングに乗りあげた。ダークは相手と一緒に着地し、カウリングを滑り落ちるのを感じた。

ダークは片方の脚を伸ばして船尾板の縁を捉え、ほんの一瞬だが身体を支えた。相手は滑り続け、ダークを摑んだ。二人の体重は重すぎ、ダークの脚が外れた。エンジンハウジングを滑り落ちながらも、ダークは遅れたせいで相手の上で身体をひねることができた。

一対のプロペラは毎分六〇〇〇回転以上で回転中で、二人が水中に転げ落ちる際に、殺し屋は背中をブレイドにぶつけた。ダークは軽く反動を感じた。つぎの瞬間、相手のしがみついている手の力が抜け、彼らは赤く染まった水中に沈みこんだ。モーターの轟きは遠のき、ダークは命の宿らぬ身体を脇に除け浮上した。

数メートル先で、もう一人の殺し屋がもがきながら手足をばたつかせていた。彼はライフルを失っていたし、ダークのことより浮いていることに気を取られているようだった。

遠くで、キャビンクルーザーは急カーブを描いて彼らのほうへ引きかえしてきた。ダークは、クルーザーが速度を落としてもう一方の男を拾いあげるものと思って見つめた。男は叫びたて、両方の腕を振りまわしだした。ところが、クルーザーは速度を保ってダークめがけて突進してきた。

クルーザーの鋭い舳先が近づいてきたので、ダークは身体を折って潜ろうとした。だが、浮力性ウェットスーツが邪魔をした。脚鰭がないので、水中に留まるのはたいへんだった。船体が近づいてきたので、ダークは向きを変えて殺し屋のほうへ向かった。彼はしきりに水を蹴り、手を振りまわしていた。

クルーザーの操縦者は一瞬ダークの姿を見失い、針路を訂正しようとしたがもう遅かった。ボートは轟音もろともダークの脇を通りすぎ、ほんの数センチの差で彼の左右の脚を逸れた。ダークは止まって浮上し、少し航走してからまた向きを変えはじめたボートを目で追った。

片方の手がダークの肩を握りしめた。振り向くと、もがき苦しんでいる殺し屋が助けを求めて喘いでいた。それはアシュートの髭の運転手だった。
「助けてくれ」彼は途切れ途切れに言った。「溺れそうなんだ」
彼は完全にパニック状態に陥っており、手をばたつかせ脚を蹴りながらダークの背中にしがみついた。

相手を振りほどこうとしながら、ダークはキャビンクルーザーを片眼で見続けていた。ボートは方向転換を完全にし終わり、彼らのほうへ猛然と引きかえしつつあった。

殺し屋に絡みつかれていたので、ダークには潜って躱す術がなかった。彼は相手を振りほどく必要に迫られた。彼は片方の肘を後ろへ振りまわし、相手の肋骨を強打した。必死の形相になり殺し屋の目が怒り猛った。ダークは両腕を上へあげて相手の手を振りほどこうとしたが、殺し屋の指はハゲタカの鉤爪さながらに彼のウェットスーツに喰いこんでいた。ボートの爆音がダークの耳の中で雷鳴のように轟いた。彼が衝撃に備えて身構えたとたんに、なにかが彼の踝を摑んだ。

ボートがぶつかる一瞬前に、ダークは下に引きずりこまれた。殺し屋が引きこまれている彼にしがみついた。船体が殺し屋の身体に突っこんだ。

男の両手から力が抜けた。ダークは身体を引き離し、また三〇センチほど潜った。白い船体は疾走して横を通り、死をもたらすプロペラは彼の頭からわずか数センチの所を音高く行き過ぎた。

激しい渦巻が収まりつつある最中に、ダークは片方の脚鰭が顔を撫でるのを感じた。サマーは肘を彼の踝に絡みつけて、まるで悪霊のように湖底目指して泳いだ。彼女はダークを自分のほうへ引き寄せ、エア調整器を彼にわたした。彼が深く一息吸いこむ間に、サマーは浮力調整器からエアを放出して浮力を中性にした。彼女は逆さまの状態を保って脚鰭を軽く蹴り、ダークは彼女のベストを握っていた。一緒に二人は水平に泳いで深度を維持しながら、エア調整器を交換しあった。頭上を、キャビンクルーザーがさらに数度、速度をあげて通りすぎた。

ダークとサマーはボートが音を轟かせながら走り去り、モーターの音が薄れて消えるのを待った。彼らはサマーのエアタンクがほぼ空になるまで水中に留まったうえで浮上した。

ダークは湖をさっと見回した。はるか北に、問題のボートを視認した。サマーのほうに向きなおると、となりに浮かんでいた彼女はマスクを拭いていた。

「彼らはもう戻ってこないかしら？」彼女は訊いた。

「と思うが。引きずりこんでくれてありがとう。ここしばらくで最大の危機一髪だった」彼は片手で頭骨を撫でこすった。

「まったく、ひき逃げ運転手だわ。私は下からかなりよく事の成り行きを見られた。操縦していたのがどんな男か知らないけど、自分の仲間たちへの思いやりがなかった」彼女は第二の殺し屋の死体のほうに向かってうなずいた。死体は少し先を漂っていた。

「私は操縦者の姿を見ていないんだ」ダークは言った。「ほかの二人はアマルナとアシュートからお出でになった、俺たちの武装したお友だちだ」

「彼らが私たちをはるばるここまで追ってきたなんて、ちょっと信じられないわ」

ダークは空漠とした湖面の広がりと乾燥した湖畔の荒野を見わたした。「持ってこいの場所だ、目撃されずに何者かを殺すには」

「だけど、ボート無しで放り出されるのにはよい場所ではないわ。彼らは私たちがすでに知っていることのために、私たちを殺そうとしたのかしら？」

「それか、われわれがファラスで見つける物のため」ダークはサマーの浮力調整器に留められているカメラを指さした。「写真に撮ったんだろうな？」

「撮ったわよ。私たちがすでに見つけた物となにか関連があるのかまだ分からないけど」

「関連といえば、どっちに向かって泳ぐ、西か東か？」

彼らはほぼ湖の真ん中にいたので、どちらへ向かっても岸まで四キロあった。

サマーはちらっと西を見てから、東に向きなおった。彼女は緊張し、その目は怯えのせいで大きく見開かれていた。「東へは行きたくないわ」彼女はひそかに囁いた。

ダークは妹の視線を追った。

一〇メートルたらず先に、冷たい黄色の一対の目が水面からわずかに突き出ていて、殺意もあらわに二人を見つめていた。

31

ナイルワニは古代エジプト人たちによって長く敬われてきた。ソベクという名の愛されている神はワニの形を取っている。人間の身体にワニの頭の姿で表されるこの神は、ナイル川を創り、歴代のファラオに強靭さと権力を与えたと信じられている。だがソベクは同時に邪な神で、川に住みついている彼の化身から人々を護るために慰撫を求めると見なされている。敬意の一つとして、生きているワニがしばしば神殿のプールで飼われているし、ワニのミイラが古代の数多くの墓で見つかっている。しかし、死をもたらすワニは当然ながら恐れられてもいる。

兄と妹は、過去数千年にわたってこの地域を徘徊してきたワニに対する古代の扱い方に関心はなかった。二人が知っているのは、アフリカにすむナイルワニがもたらす死者は、一年を通じて世界中で生じるサメの襲撃による死者の総数の二〇倍以上に達するということに尽きた。それと、目の前にいる全長四・五メートルの巨獣にいささか興味を惹かれるどころの騒ぎではなかった。

「お前の脚鰭を俺によこせ」ダークは囁いた。「それから俺の後ろへ来て、ゆっくり遠ざかるんだ」

サマーは両方の脚鰭を脱ぎ、水中でダークに手わたした。心臓は早鐘を打っていたが、彼女は極力ゆっくり移動した。ワニを見ないようにしながら後ずさり、腕を搔いて後退した。

ダークは立ち泳ぎをして、サマーがかなりの距離を稼ぐのを待って左へ静かに移動した。ワニはちらっと彼を見つめ、つぎの瞬間、その強力な尾で水面を激しく叩くなり、緑の魚雷のように水中を突進してきた。

ダークは向きを変え、せいぜい素早く水を搔いた。彼は水面を泳ぎ、わざと水を跳ねちらかして手を振り脚を蹴り、ワニを自分のほうに引き寄せようとした。躊躇(ちゅうちょ)することなく彼は、ワニが自分を追いかけているかどうか確認し、火が点いたようにひたすら泳いだ。案ずるに及ばなかった。ワニは彼にまっすぐ狙いをつけていた。

それはダークには勝ち目のない競争だった。巨大な尾を推進力とするナイルワニは、最高時速三〇キロ以上の速度で泳げる。

ダークには振りきるつもりはなかった。ワニを自分よりもっと楽な目標へ誘おうとしていたにすぎない。第二の殺し屋の死体はすでに下流へ漂いはじめていたが、まだ少し離れた場所で浮き沈みをくり返していた。

髭男の死体のほうへ懸命に泳ぎながらも、ダークはワニが接近してきたことを察知できた。殺し屋に近づいていると、嚙みつく大きな音がして脚鰭を引っ張られるのを感じた。彼は泳ぎ続けて、殺し屋の血まみれの死体にたどり着き、通りすぎ、それから停まって息を殺した。

ワニの上下に開いた顎が水中から現れ、骨と肉を銜えこんだ。尾を一振りして、ワニは殺し屋を湖面の下に引きずりこんだ。湖に潜りながら、ワニはお気にいりの殺しの方式を取った――餌食を強力な両顎で銜えて溺死させるのだ――ただし今回は、餌食がすでに死んでいることをワニは知らずにいた。

ダークはワニが自分の下に潜りこむまでじっとしていた。いったんワニの姿が見えなくなると、彼はすばやく泳いでその場を離れた。今度のストロークは滑らかで静かだった。

「数秒後に戻ってくるかもしれないわよ」サマーはダークが隣に来ると言った。

ダークはストロークを再開した。「このあたりをうろついて、そいつを確かめるのはよそうぜ」

サマーはタンクを投げ捨て、二人一緒に急いで二〇メートルほど上流へ向かった。西へ向きを変えると彼らは速度を落とし、ゆったりとしたペースで泳ぎ続けた。

「彼に仲間がいないといいのだけど」サマーは前方に、さらには背後に視線を走らせた。ダークが返事をしないと、彼女は小突いた。「なにか知っているの、私の知らないことを？」

「ナセル湖にはナイルワニが一万匹は居るといわれている」

「一万匹！　あなたどうかしているんじゃない、ここに潜るなんて」

「湖の中心の危険率は高くないのに賭けたんだ」

「ええ、私も……。ボートがある時は！」

「少なくとも、お前が心配するには及ばん」ダークは息継ぎの合い間に笑いながら言った。「彼らだって仲間は襲わんから」

サマーは首をふり、泳ぎ続けた。ワニの集中度が浅瀬のほうが高いことは心得ていた。いまのところ、湖岸はまだ二キロ近く先だった。一掻きごとに、ワニはこんな遠くまで出てきはしないだろうかと気になった。

ワニたちは現れなかった。

一〇分後に、ダークはエンジンの断続音を聞きつけ、泳ぎを止めてそのほうを見た。小さなフェリーが現れた。スーダンの町ワジハルファから北のアブシンベルへ向かって湖を横断中だった。ダークとサマーはその針路を目指して泳いでいき、船が近づいてくると手を振り叫んだ。

そのフェリーは露天デッキの電動式艀(はしけ)にすぎず、小さな操舵室が船尾にあって、カンバスの天蓋が主甲板に掛けられていた。小柄で皺深い男が船を近づけてエンジンを切ると、十代の甲板員が手を貸して二人を船上に引き揚げてくれた。

「陸からずいぶん遠いけど」ティーンエイジャーは片言の英語で話しかけた。彼は二人がデッキに収まると脇に退き、湖では救助は毎日のことだと言わんばかりに長いロープを巻き取りだした。

サマーは天蓋の下の一握りの乗客を見回し、空いている場所へ向かった。ダークは後からついて行きながら、船首に近い手すりに繋がれている二頭のラクダを見つめた。湿った足跡を後に残して、彼はサマーの隣に腰を下ろした。彼の反対側では、色褪(あ)せたカーキ色の服を着た老人が昼寝をしていて、顔や頭は藁編みのフェドラハットの下に押しこまれていた。その足許では、小型のダックスフントが眠りを共有中で、丸めた身体をカンバス地のリュックにすり寄せていて、その側面にはC.Cと頭文字が摺りこまれてあった。

老人は身体を動かした。双子が水浸しのウェットスーツで腰を下ろしたはずみで、軋み音が生じたのだ。彼は帽子の鍔(つば)を上げ、澄んだ灰色の目で二人をしげしげと見つめ微笑んだ。「潜るには面白い場所だ」彼は完璧な英語で言った。「この湖がワニだらけなことは知っているのだろうね?」

「そうなんですよ」ダークは両方の脚鰭を持ちあげた。片方には大きな嚙み跡があった。彼はどちらもサマーに手わたした。彼はまたラクダたちに視線を向けた。二頭とも鶴嘴(つるはし)、シャベル、それに現代のキャンプ用具を積まれていた。「あれはあなたのラクダですか?」

「愛(う)い老いたるマージーとベス」老人は二頭を指さした。その腕は陽に長年さらされてきたため褐色で鞣革(なめしがわ)のようになっていた。「あの歳では、もはや砂漠の船ではない。むしろ、水漏れのひどい曳航用艀だ」

「一つ伺いますが」ダークは切り出した。「なにをなさっているのです、こんな人里離れた土地で?」

「ほんのちょっぴり考古学的試掘を試みているだけさ」

「王室の豊かな墓は、ずっと北の王家の谷にあるのでは?」

「新王国時代の大半のファラオはこの近くに埋葬されている」老人は言った。「たまたま私が探している墓は、エジプト人ではなくマケドニア人のものなのだが」

「アレクサンダー大王のことを言っているのでは?」

「お見事、お若いの。君は歴史に詳しい」

ダークは首をふった。「彼はアレキサンドリアの街並みの下のどこかに埋められた、と信じられているのではありませんか?」

「ありうる。一部の者は、リビア砂漠の中のシワオアシスに埋葬されていると考えている。ほかの者たちは、どこか別の場所だと見なしているが」老人は訳知り顔に片方の眉を吊りあげた。

ダークはうなずいた。「見つかるといいですね」

「いずれ誰かが見つけるさ。マージー、ベス、マウザー、それに私かもしれない」彼は眠っているダックスフントのほうを身ぶりで示した。「君たち若い二人は、ナセル湖のこの地域でなにをしているのかね？」

「ファラス市に潜っているんです」ダークは自分たちがツタンカーメンにまつわる記念物を探していることを説明した。彼らの船が襲われた件は省いた。

「古代のいくつかの謎が依然として、アスワンダムのためにこの水の下に隠されていると私は思っている。ツタンカーメンのどんな記念物に関心があるのかね？」

「治癒力のあるアピウム・オブ・ファラスの手掛かりです」

老人は首をふった。「聞いたことがない。科学者たちは最近、ありとあらゆる珍しい植物や海棲生物から治療薬を見つけている。私は誰かが古代療法を発見して富にありつくと見ている。あるいは、それが誰か人の手に入るのを防ぐことで。大勢の人間が、なんらかの理由から、古代エジプト人たちの秘密の治療法を探し求めているようだ」

「私たち自身、その重要性を十分に心得ているわけではありません」サマーが言った。

「古来、真剣に探すと手がかりは与えられるものだ。時として、目の前に転がっていることだってある」

老人は立ちあがり足腰を伸ばした。フェリーが速度を落としはじめたのだ。ダックスフントも目を覚まし、飼い主にならって伸びをした。

「われわれは下りることになりそうだ」老人は言った。「うまいこと、探し物が見つかるように」

「あなたのほうも」ダークは言った。

フェリーはアブシンベルに入港し、ダークとサマーが数時間前に出港したコンクリートの埠頭にぶつかって停まった。老人はラクダたちを集めると曳いて船を下り、町をとぼとぼ歩いていった。ダックスフントがそのすぐ後からついて行った。

「変わったお年寄り」サマーは言った。

「一筋縄ではいかぬ変わり者だ」ダークが言った。「なかなかの洞察力を持ち備えている」

「それなら、私たちのほうが、もっとその可能性を秘めているわ」彼女はカメラを持ちあげた。しかし、彼女の顔は入江の向かいを見やると曇った。彼らを轢き殺そうとしたキャビンクルーザーが対岸に停泊していた。

彼女はダークのほうを向いた。「彼らは私たちを待ちかまえているのかしら?」

彼はボートを見つめた。岸への繋留索がない。「慌ただしく、陸に上がったようだ。ずいぶん前に、彼らは立ち去った感じがする。オジーに訊いたら、彼らの正体が分かるだろう」

「彼がホテルはこっちだと言っていたわ」サマーは埠頭を離れて砂利道に踏みだした。

ダークは頭を振りながら妹に追いついた。「こいつは高い一夜の宿になるぞ」彼はつぶやいた。

「どうして？」

「部屋二つ、晩飯、それにスピードボート。そのうえ、新品のベスパ」

サマーは声をたてて笑った。「あなたに私の車を貸さないよう用心しなくちゃ」

オジー・アクマダンの満面の笑みは、自分のボートが失われたと知らされると消え失せた。ダークが新しい船と買い替えてやると伝えると、彼の持ち前の陽気さが甦った。

「なにが起こったのか確かなことは分からない」ダークは説明した。「私が思うに、埠頭のあの小型の白いキャビンクルーザーが、われわれが潜水中に事故ってボートにぶつかったらしい」

「あれは従弟の船なんだ」アクマダンは言った。その従弟が間もなく電話に出た。短いが熱を帯びたやり取りが終わると、彼は電話を脇にはずした。「従兄弟が言うには、あの船を今朝二人のカイロ人に貸したそうです。料金は現金払い。彼らの名前は思い出せない。彼らが船と鍵を返してくれるのを彼は待っている」

「その男の一人は」ダークが訊いた。「三角巾で腕を吊るしていたのでないだろうか?」

アクマダンはその質問を取りついだ。「そうです」彼は知らせた。

「あんたの従弟に言ってやるがいい、彼らは船を入江に乗りすてているし、繋留されていない。きっと、キーが付いているはずだ」

アクマダンはしばらくすると電話を切った。「従弟はひどく怒っている。警察に電話を掛けて、彼らのことを報告すると言っている」

「警察が彼らを捕まえられるか怪しいな」ダークはサマーをちらっと見ながら言った。「彼の船は無事だと思う」

二人はそれぞれの部屋へ案内され、夕食に備えて汗を流してさっぱりした。サマーは手荷物からラップトップを取りだし、湖を見下ろすパティオ・ラウンジでダークが現れるのを待った。頭上の迷路さながらに配置された水漏れしがちな噴霧器が、陽が西に傾いてもなお焼けつくような気温を和らげていた。

「人前に出てもだいじょうぶかしら?」サマーは隣に座るダークに訊いた。

「あの水泳騒ぎの後で疲れすぎて、気になどしちゃいられない」彼はバーで求めたジントニックを妹にわたした。

「私、知りたいわ」サマーは言った。「あの連中は何者なのかしら?」

「ある種の墓荒らし」彼はサマーのコンピューターに水中写真が現れたのに気づき、よく見ようと身を乗りだした。「ファラス?」

「カメラからダウンロードしたばかりなの」彼女は神殿の中庭と聖堂を撮った一〇点あまりの水中映像を順に写しだしていき、ツタンカーメンの墓碑の遠景写真が現れると送りを停めた。

「よく撮れている」ダークは言った。「しかし、象形文字を見分けるのは難しい」

「何枚か、立ち去る前に接写してあるの」彼女はつぎの写真三枚を映しだした。いずれも細部を写していた。

「お見事」ダークは言った。「これなら翻訳可能だろう」

サマーはキーボードを叩いて画面を閉じた。「つい先ほど、この一連の写真をハイアラムに送り、碑文をマックスに翻訳してもらってくれと頼んだの」彼女はジントニックを一口すすった。「もしもここのW・i F・iがこの飲物のように弱くなければ、夕食後には応答があるはずよ」

ダークはウェイターに手を振り、二人は湖で取れたばかりのグリルドパーチを注文した。試練にあってお腹がすいていたので、二人とも綺麗に皿を片づけた。ドライフルーツとクシャフと呼ばれるデートコンポートをデザートとして一緒に食べ終わると、サマーはe‐メールを調べた。

「ハイアラムから来ているわ」彼女の目は輝いた。

「あの石碑はなにを語っているのだろう？」

「これがマックスの翻訳です。〝上および下エジプトの王ネブケペルウラーはこの聖域をファラスの高僧たちに与える。国王はファラスの高僧たちの有能さと彼らのシャハトの植物を使っての治療力を評価している。聖なるアピウムは王女メリトアテンが服用し、しかる後にハルビ族の奴隷たちの救済に配布された。その強力な薬効は認められている。国王は感謝をこめて高僧たちに、王族の健康のために敬愛するアメン神に掛けて、アピウムの再生のためにあらゆる手をつくすことを指示する〟」

「なあるほど」ダークはそう言いながら身を乗り出した。「これなら分かりやすい」

サマーは目を大きく見開いて読み直した。「信じられないわ、また王女メリトアテンに言及されている」

「それはわれわれが壁画で目撃したことを裏づけている。アピウムは紛れもなくメリトアテンが入手した——しかも明らかに彼女の亡命に繋がっている」

「それは同時に、私たちに問題の植物の手掛かりを与えてくれてもいる。シャハトという場所で取れたことは確かだわ。もうすぐ私たち謎を解けそうね。だけど何者なのかしら、ネブケペルウラー王って？」

サマーは肩をすくめ、インターネットで調べようとした。彼女は結果にうなずいた。「もっと早く気づきそうなものだわ。ツタンカーメンの尊号よ。彼は、無論、メリトアテンの弟で、アクエンアテンの息子で後継者でもあった」

「歴史に足跡を残した一族」ダークは首をふりながら言った。「彼らは自分たちが持っているアピウムの価値を、メリトアテンが来るまで気づいていなかったようだ」

「彼女はアピウムを疫病を防ぐために、奴隷たちに与えたみたい。たぶん足りなかったのでしょう、それで争いが生じた」

ダークは湖を見やった。「君が見つけた石板は、アクエンアテン自身が疫病のため死んだ可能性を示唆している。メリトアテンは責任を問われたのではないか――あるいは実の父親が死んでいるのに、他人を助けていたので怒りを買った」

「ツタンカーメンは示唆しているように思えるの」サマーは言った。「彼らがアピウムの効力に気づいていなかったことを。おそらくファラオは、メリトアテンの正しい判断に異論を唱え、彼女は彼の死後に権力闘争に巻きこまれた。このアピウムは本物めいた感じがする。あの殺し屋たちが追い求めているのはあれかも知れないわ」彼女はまた一口飲物をすすった。「一つのことが、いぜんとして気がかりなの。ミイラを盗んだアマルナの殺し屋たちのことなのだけど」

「私もそのことが気になっていたんだ」ダークが言った。「なぜ連中はチャンスがあったのに、墓でわれわれを殺さなかったのか？」

「私たちが知りえたことに気づかずにいたせいでは？　あるいは私たちが突きとめようとしていたことに」彼女は言った。「そのことではないの、私の気がかりは。彼らが墓に入ってきた時、ロッドは言ったわ、彼らの一人が手術用のマスクとゴム手袋をしていたのを目撃したって」

「壁画と石碑はいずれも疫病に触れている」

「ええ、だけど殺し屋たちはどちらも見ていない。疫病がアマルナを襲ったことは秘密ではないけど、それにしてもあの用心はありきたりの墓泥棒にしてはちょっと妙だわ」

「ただし」ダークは言った。「彼らが特に問題の病気を意識していて、そのためにあの墓を狙ったなら話は別だ」

「私が言いたいのは正にそれよ」

「知っての通り、リキは私に興味深い話をした。数年前に、彼女たちはテーベで別の子どもの墓を見つけた。彼女は言っていたが、スタンレー博士は現地へ戻りすっかり荒らされているのを知るとひどく怒ったそうだ」

「妙ね、彼が子どものミイラ二体をその手許から盗まれるなんて。何者かが博士の実地調査を間近で観察していたのだわ」

「ファラスには手に入れようにもミイラはないぞ」

「その通り。石碑があるだけ」――サマーは画面を軽く叩いた――「それに、アピウム・オブ・ファラス」

「どちらもメリトアテンと係わりがある」ダークは言った。「何者かが、彼女あるいはアピウムが見つけられるのを望んでいないのだろう」

「エジプト人たちは私たちのために、明快な処方を残してくれなかった。だけど私たちは、メリトアテンが脱出する時、アピウムを携えていたことを確かに知っている」

「となると、アピウムを見つける方法は一つしかない」ダークは言った。彼は飲み物を一気に飲み干し、妹に曰くありげに笑いかけた。「メリトアテンの墓を見つけよう」

（上巻終わり）

◉訳者紹介　**中山善之（なかやま・よしゆき）**
英米文学翻訳家。北海道生まれ。慶應義塾大学卒業。訳書にカッスラー『タイタニックを引き揚げろ』（新潮文庫）ほか、ダーク・ピット・シリーズ全点、クロフツ『船から消えた男』（東京創元文庫）、ヘミングウェイ『老人と海』（柏艪舎）など。

ケルト帝国の秘薬を追え（上）

発行日　2020年7月10日　初版第1刷発行

著　者　クライブ・カッスラー&ダーク・カッスラー
訳　者　中山善之

発行者　久保田榮一
発行所　株式会社 扶桑社
〒105-8070
東京都港区芝浦1-1-1　浜松町ビルディング
電話　03-6368-8870(編集)
03-6368-8891(郵便室)
www.fusosha.co.jp

印刷・製本　株式会社 廣済堂

ISBN 978-4-594-08561-2　C0197